KB013117

우화의 철학

이솝우화의 숨은 이야기를 찾아서

우화의
철학

이솝우화의
숨은 이야기를
찾아서

김태환 지음

국수

개정판을 내며

작년 초에 발간된 『우화의 철학』 초판에서 다소 미진하게 설명
된 부분을 보완하고 바로잡을 것을 바로잡아 개정판을 내놓는
다. 부제도 책의 성격을 더 잘 드러낼 수 있게 바꾸었다. 문학 공
부의 큰 의의 가운데 하나는 문학 작품을 자세히 관찰하는 훈
련을 통해 그 텍스트의 표면에 드러나 있지 않은 심층적 의미를
읽어내는 능력을 배양하는 데 있다. 그런 능력은 문학, 비문학
을 막론하고 더 풍요로운 텍스트 읽기의 기반을 제공해준다. 내
가 이 책을 통해 이미 널리 알려진 이솝우화에서 무언가 새로운
것을 읽어내고 현실에 대한 인식을 증진시킨 면이 있다면, 그것
은 모두 문학을 공부한 덕택이라고 말하고 싶다.

2024년 10월

저자

이솝우화가 우리에게 묻는 것

이 책은 이솝우화에서 비롯한 철학적 에세이다. 나는 여기서 이솝우화를 읽으며 인간의 삶과 사회에 대한 사유를 전개하고 하나하나의 우화 속에 흔히 알려진 교훈보다 더 복합적인 의미가 함축되어 있음을 보여주고자 노력했다. 이 우화 읽기의 핵심은 우화를 어떤 정답을 주는 텍스트가 아니라 질문을 촉발하는 텍스트로 읽는 데 있다.

  물론 그것은 우화라는 장르의 본질에서 벗어나는 독법으로 보일 수 있다. 우화는 거의 언제나 "보편적인 지혜"(『국어국문학자료사전』), "교훈"(『표준국어대사전』), "일반적으로 인정되는 진리", "삶의 지혜"(『독일 두덴 사전』)의 전달을 목표로 하는 이야기로 정의되기 때문이다. 이러한 정의에는 우화의 이야기가 교훈이나 일반적 진리를 증명하는 하나의 예에 지나지 않는다는 생각이 깔려 있다. 『국어국문학자료사전』에 따르면 우화는 "도덕적인 명제나 인간 행동의 원칙을 예시"[1]한다. 『메츨러 문학용어 사전』의 우화 항목도 이와 크게 다르지 않은 설명을 제공한다. "서술되는 개별 사건은 도덕의 법칙이나 삶의 지혜를 끌어낼 수 있는 구체적 예로 이해할 수 있다."[2] 그래서 우화는 본질적으로 "모델적"이고 "예증적"인 성격을 지닌다. 요컨대 우화에서는 일반적 도덕 원칙이 개별 사례에 우선하며 개별 사례는 일반 원칙을 증명하는 한에서만 가치가 있다는 것이다.

그러나 서양 문학 전통에서 우화 장르의 원조로 여겨져 온 이솝우화의 경우 그 속에 포함된 모든 이야기가 과연 위의 정의에 꼭 들어맞는지는 의심스럽다. 이솝우화에서 「토끼와 거북」이나 「매미와 개미」처럼 정말 널리 알려진 이야기만을 떠올리는 사람들에게는 '우화=교훈담'이라는 정의가 정당하다고 여겨질지 모르지만, 벤 에드윈 페리(Ben Edwin Perry)가 편집한 『이솝우화』(*Aesopica*)를 두루 읽어보면 교훈이 이솝우화로 전승된 이야기들 모두를 포괄할 수 있는 키워드가 될 수는 없다는 사실을 분명히 알 수 있다. 예컨대 「제우스와 거북」(페리 인덱스 106번)이라는 우화에서 제우스는 자신의 결혼식 잔치에 초대받고도 참석하지 않은 거북이에게 왜 오지 않았느냐고 묻는다. 이때 거북이는 집만큼 좋은 곳이 또 어디 있겠느냐고 대답한다. 화가 난 제우스는 거북이가 평생 집을 등짝에 짊어지고 다니게 했다.

이 이야기에 대체 어떤 교훈이 있는가? 고대의 주석가들이 생각한 것처럼 여기서 집이 최고라는 교훈을 읽어낼 수 있을까? 그런 신조에 따라 행동한 대가로 거북이는 신에게 벌을 받을 뿐인데? 이 이야기는 사실 왜 거북이에게 등껍질이 있을까라는 질문을 장난스럽게 풀어낸 유쾌한 유래담일 뿐이다.

이솝우화의 독일어 역자인 라이너 니켈(Rainer Nickel)도 교훈이 이솝우화의 필수적이고 본질적인 요소가 아니라는 점을 지적한다.

> 이솝의 이야기는 삶의 심각한 근심에서 일시적으로 벗어나게 해주는 재미난 이야기, 이야기하고 듣는 것이 주는 자연스러운 즐거움 때문에 시대와 문화를 막론하고 사람들이 즐겨 이야기하고 즐겨 듣는 그런 이야기다. 이 짧고, 간명하고 익살맞은 이야기를 나누면서 이야기꾼과 청중이 맛보는 즐거움은 거기에 실용적인 삶의 지혜나 도덕이 덧붙여진다고 해서 줄어들지 않는다. 가장 중요한 효과는 언제나 동일하다. 모든 훌륭한 플롯이 청자에게 선사하는 '의표를 찌르는 반전'이 그것이다.[3]

라이너 니켈이 보기에 이솝우화에서 교훈이나 지혜는 선택사항일 뿐이다. 이솝우화의 모든 이야기를 아우를 수 있는 진짜 공통점은 교훈이 아니라 재미다. 이러한 생각에 따르면 이솝우화는 한마디로 말해서 반전이 있는 플롯 구성을 통해 즐거움을 선사하는 짧은 이야기라고 할 수 있다.

호라티우스가 시의 두 가지 기능으로 지목한 즐거움(delectare)과 유용함(prodesse) 가운데서 라이너 니켈은 '즐거움'에 방점을 찍은 셈인데, 나는 이러한 관점 역시 일면적이라고 생각한다. 우화는 즐거움을 통해 삶의 심각한 근심에서 일시적으로 벗어나게 해주기도 하지만, 이와 반대로 삶의 문제에 대해 심각하게 생각해보도록 촉구하기도 하기 때문이다.

이솝우화는 뜻 없는 농담에 가까운 이야기에서 뚜렷한 교훈적 목적을 가진 이야기에 이르기까지 매우 다양한 영역에 걸쳐 있어서 간결하고 짧은 분량이라는 것 외에는 어떤 공통점을 찾기 어렵다. 공통점을 말하기 위해서는 매우 추상적인 차원에까지 올라가야 한다. 이 차원에서 우리가 발견하는 것은 모든 이솝우화가 사람들의 이목을 끌 만한 특별한 사태에 관하여, 오직 그 사태에만 집중하여 간결하게 이야기하고 있다는 사실이다. 주목할 만한 특별함은 이야기가 유달리 재미있거나 익살스럽다는 데서 올 수도 있고, 중대한 메시지를 담고 있다는 데서올 수도 있다. 어떤 경우든 하나의 주목할 만한 사태에 집중한다는 것, 그 핵심과 별로 관계없는 군더더기는 철저하게 이야기에서 배제한다는 것, 그것이 이솝우화가 극도로 짧은 분량을 유지하는 비결이다.

어떤 사태가 주목할 만하다는 것은 물론 주관적인 판단이다. 뭔가를 주목할 만하고 특별한 일이라고 느끼게 하는 요인은 다양하고, 그런 다양한 요인 가운데 어떤 요인에 특히 더 큰 주의와 관심이 환기되는지는 개개인의 성향과 입장에 따라 달라진다. 이솝우화에서 내게 각별한 인상을 불러일으킨 것은 깜짝 놀랄 반전의 즐거움을 선사하는 이야기도, 도덕적 원칙을 선명하게 예증해주는 이야기도 아니었다. 어떤 불일치와 모순, 불확실성을 드러내는 이야기, 그리하여 의문과 궁금증을 불러일으키는 이야기, 나의 지식과 세계상의 불완전성을 드러내고 해결되어야 할 문제를 의식하게 해주는 이야기가 우선적으로 나의 마음을 끌었다. 프로메테우스가 인간의 마음에 창(窓)을 내서 거짓말을 하지 못하게 했어야 한다고 주장하는 모모스는 '왜 인간의 마음은 보이지 않는가?'라는 질문을 가능하게 했고, 사자에게서 달아나다가 아름다운 뿔이 나뭇가지에 걸려 죽게 된 사슴 이야기는 과연 아름다움과 삶의 필요(유용성)가 상충 관계에 있는 가치인지를 묻게 했다. 질문이 생겼을 때 우리는 비로소 새로운 인식으로 가는 길을 발견한다. 사람의 마음이 타인의 시선에 잘 드러나지 않고 은폐되어 있다는 것이 모모스의 비판을 통해 의문시되자, 은폐의 의미에 대해 숙고할 수 있는 가능성이 열린다. 가냘픈 다리로 잘 달아나던 사슴이 조금 전까지 크고 아름답다고 자랑스럽게 여기던 뿔로 인해 죽어가는 우화의 아이러니는 아름다움과 유용성을 어긋나게 배치한 자연의 뜻을 밝혀낼 것을 요구한다.

그렇게 이야기가 촉발한 질문에서 출발하여 그 질문이 가리키는 방향을 따라 해답을 찾아가는 과정에서 한 편 한 편의 글이 만들어졌다. 이때 질문에 대한 해답을 찾는 과정은 그 질문을 촉발한 이야기를 다시 자세히 읽는 과정이었고, 해답의 단서를 제공해줄 다른 텍스트들, 다른 이야기들을 찾아내고 이를 최초의 이야기와 연결시키는 과정이었으며, 해당 질문의 맥락 속에서 나 자신의 삶과 사회적 현실을 관찰하고 그 관찰을 다시 숙고하는 과정이기도 했다.

『우화의 철학』은 이러한 우화 읽기의 방법을 통해 이솝우화에 관한 나의 첫 번째 책 『우화의 서사학』(2016)과 연결되어 있다. 두 책 사이에 가장 뚜렷한 차이가 있다면 이 책에 실린 한 편 한 편의 글이 『우화의 서사학』에 실린 글들보다 평균적으로 상당히 더 길다는 점이다. 『우화의 서사학』의 짧은 글들이 대개 각각 한 편의 우화를 집중적으로 분석하는 데 치중했다면 여기 수록된 비교적 긴 글들은 분석 대상이 된 우화와 주제적으로 연결되는 다른 우화나 신화에 관하여, 그리고 이들을 둘러싼 다양한 인간적, 자연적, 사회적 현실의 맥락에 관하여 더 상세한 논의를 제공한다. 이와 함께 무게중심은 구조적 분석에서 주제 중심적 성찰로 이동했고, 그러한 변화는 책 제목의 변화에 반영되었다.

『우화의 서사학』을 출간한 직후부터 이솝우화에 관한 새로운 책을 궁리하기 시작했다. 그러나 실현하기까지는 오랜 시간이 걸렸다. 그사이에 이 책을 위한 글들을 2020년 4월부터 2021년 12월까지 문화일보 지식카페 시리즈에 연재할 기회가 주어졌고, 그것이 새로운 책의 프로젝트를 실현하는 데 바탕이 되었다. 거의 2년의 시간 동안 글쓰기를 고무하고 글쓰기의 장을 마련해준 나의 오랜 문우 윤병무 대표와 문화일보의 최현미 부장, 매편 내용에 걸맞게 멋진 삽화를 그려준 이철형 화가께 특별한 감사의 인사를 전한다.

2022년 겨울
저자

차례

창피함과 부끄러움은 어떻게 다른가
「꼬리 잘린 여우」

덫에 걸려 꼬리가 잘린 여우가 창피해서 못 살겠다고 생각하고
는 다른 여우들에게도 꼬리를 자르도록 권한다. 여우는 동료들
을 불러 모아놓고 꼬리는 보기 흉하며 필요 없이 무겁기만 하니
모두 꼬리를 자르자고 호소한다. 그러자, 듣고 있던 한 여우가
대꾸한다. "자네에게 이익이 되지 않는다면 그렇게 권할 리가
없지."

꼬리는 무엇에 소용이 있는가? 참으로 다양한 형태의 꼬리
가 있다. 꼬리의 기능도 그만큼 다양하다. 몸의 균형추로서의
역할(먹이를 추격하는 표범), 이동할 때 방향 조절을 위한 키 역

할(새 꼬리, 물고기 꼬리), 보조 팔(원숭이), 감정 표현(개), 도주(도마뱀), 보온(여우), 파리 쫓기(소) 등등. 이 모든 다양한 꼬리의 기능을 종합하여 한마디로 꼬리란 무엇을 위한 기관이라고 정의하는 것은 불가능하다. 꼬리는 불명확한 기관이다. 이 점에서 눈, 코, 귀, 다리처럼 삶의 핵심적인 기능을 수행하는 기관과 다르다. 눈, 코, 귀, 다리와 달리 꼬리는 기능에 따른 규정이 아니다. 그저 몸의 끝에 붙어 있는 신체 기관 정도로 정의할 수 있을 뿐이다. 꼬리의 의미와 기능은 그다음에 온다. 꼬리의 다양한 기능을 보면, 동물들이 '기왕 달려 있는 것이니 어떻게라도 써먹으면 좋지 않을까' 하는 심정으로 저마다 꼬리의 용도를 개발한 것 같은 느낌이 들 정도다.

꼬리가 잉여적인 까닭에, 덫에 걸려 꼬리가 잘린 이솝우화의 여우도 이로 인해 어떤 심각한 생명의 위기에 빠지지도 않고, 사는 데 큰 불편도 없다. 여우는 다만 모두에게 달린 꼬리가 자기한테만 없다는 사실이 창피할 따름이다. 하지만 창피함도 사소한 문제는 아니다. 여우는 심지어 창피해서 못 살겠다고 생각하기까지 한다. 꼬리가 여우에게 특별히 필요한 것이 아니라면, 꼬리가 없는 것이 왜 그렇게 창피하며, 창피함이 무엇이기에 못 살겠다는 극단적인 생각까지 하는 것인가?

창피함은 일종의 부끄러움이다. 그래서 창피함이 무엇인지 알기 위해서는 우선 '부끄러움'의 감정을 분석해볼 필요가 있다. 부끄러움은 무엇보다도 타인의 시선에 대한 반응으로 일어나는 감정이다. 직접적이고 강력한 부끄러움의 감정은 나의 부족함, 나의 결함이 타인에게 노출될 때 발생한다. 그런데 나의 부족함이 타인에게 인식되려면, 그 타인이 나에 대해 일정한 기대를 가지고 있어야 한다. 기대하는 바가 있기에 부족하다는 판단이 가능한 것이다. 그리고 그러한 판단이 타인의 실망스러운 눈빛에 나타날 때, 나는 그 시선의 함의를 알아차리고 부끄러움을 느끼는 것이다.

그러나 타인의 시선이 부끄러움의 감정을 촉발하기 위해서는 그 이전에 두 가지 조건이 더 충족되어야 한다. 우선 타인이 나에 대해 어떤 기대를 하고 있는지 나 자신이 알아야 한다. 그래야 타인이 나를 부족하게 여긴다는 것도 의식할 수 있다. 또 하나의 조건은 타인의 기대를 정당한 것으로 승인하고 나 자신도 이에 마땅히 부응해야 한다고 믿어야 한다는 것이다. 이 조건이 충족되어야 나도 타인의 판단에 공감하면서 스스로를 부족하다고 여기게 될 것이다. 만일 내가 타인의 기대가 부당하다고 느낀다면, 그러한 기대에 부응하지 못한다고 해서 부끄러움이 일어나지는 않을 것이다.

요컨대 내가 타인의 시선을 내면화하여 그 시선으로 나 자신을 바라볼 수 있다는 것이 '부끄러움'이라는 감정의 결정적인 전제다. 그렇다면 이런 질문을 해볼 수 있을 것이다. 실제로 나의 부족함이 타인의 시선에 노출되기 전에도 나 자신 속에 내면화된 타인의 시선을 통해 그 결함을 스스로 인식하기만 한다면, 그때 이미 부끄러움이 시작되는 것은 아닐까? 나 이외에 아무도 나의 결함을 알아차리지 못한다 하더라도, 적어도 나는 이미 나 자신의 결함을 알고 있기에 부끄러움을 느낄 수 있지 않을까? 그럴 수 있다. 부끄러움은 타인과의 접촉 없이 순수하게 자기 안에서 반성적인 의식의 작용을 통해 발생할 수 있다. 그럴 때 사람들은 '스스로에게 부끄럽다'라고 표현한다.

여기서 '창피함'과 '부끄러움' 사이의 한 가지 차이가 확인된다. 창피함이란 나의 결함이 타인에게 드러나서 타인의 경멸적 시선을 느낄 때 비로소 생겨나는 감정을 가리키는 말이다. 누구에게도 노출되지 않은 결함에 대해 창피해할 수는 없다. 이에 비해 부끄러움이라는 말은 의미의 폭이 더 크다. 자신의 결함이 타인에게 노출되었을 때도 부끄럽다고 할 수 있지만(이때 부끄러움과 창피함은 동의어다), 혼자서 자신의 결함을 반성하는 가운데 느낄 수 있는 감정 역시 부끄러움이라고 부를 수 있기 때문이다(그것은 창피함과 구별되는 감정이다). 이런 점에서 부끄러움은 창피함보다 더 내적인 감정의 층까지 아우르는 개념이며, 창피함은 표피적인 부끄러움이라고 할 수 있다.

어떤 경우에 부끄러움은 창피함이라는 표피적 감정에 머무르는가? 그것은 문제가 되는 결함의 성격과 관련이 있는 것처럼 보인다. 부끄러움의 원인이 되는 결함은 때로 타인에 대한 책임, 의무와 관련되어 있다. 어떤 아버지가 자식에게 "이 애비가 부끄럽구나"라고 말한다면, 이 말에는 자신의 부족함에 대한 자책의 의미가 담겨 있다. 자신이 아버지로서의 의무를 다하지 못하여 자식이 어려움을 겪고 있다는 생각이 아버지가 느끼는 책임감의 원인이다. 이런 자책의 감정이 심화되면 죄책감으로까지 발전한다. 죄책감은 자신의 결함을 부끄러워하는 것을 넘어서 스스로를 죄인으로 심문하고 때로 징벌하는 데까지 나아가는 반성적 의식이다. 그런데 모든 부끄러움이 이러한 책임감이나 죄책감과 연결되어 있는 것은 아니다. 인간은 자신의 결함으로 죄책감을 느낄 일이 없더라도 부끄러워할 수 있다. 그런 부끄러움이 바로 창피함이다. "못난 애비가 몹시 부끄럽구나"라는 자책의 말에서 '부끄럽다'를 '창피하다'로 바꾸는 것은 불가능하지만, 가난한 집안의 소년이 어머니의 학교 방문을 꺼릴 때 그 어머니가 "너는 네 엄마가 창피하니?"라고 묻는 것은 자연스럽다. 그것은 소년이 어머니의 초라한 행색을 자신의 결함으로 생각하고 부끄러움을 느끼면서도 이를 자기 자신의 책임이라고 여기지는 않기 때문이다. 이런 의미에서 창피함은 스스로에 대한 실존적 고민이나 괴로움이 실려 있지 않은 피상적인 부끄러움이다. 양심이 없는 범죄자는 자신의 행동에 대해 부끄러워하지 않으면서도 범죄자로서 얼굴이 만천하에 공개되는 것에 대해서는 창피해할 수 있다.

　인간의 결함 가운데는 죄책감을 불러일으킬 정도로 타인에게 해를 끼치는 것도 있지만, 타인보다는 자기 자신에게 해가 되는 결함도 있다. 결함의 이러한 특성 역시 부끄러움의 감정에 영향을 미친다. 내가 자신의 결함으로 스스로 고통 받는 정도가 심각하다면, 그로 인해 부끄러워하고 있을 여력도 없을 것이다. 예컨대 자신의 결함을 남에게 알리고 도움을 청해야만 삶의 위험이나 고통에서 벗어날 수 있다면, 대부분의 사람들은 부끄러움을 무릅쓰고, 또는 부끄러움을 잊어버리고, 타인에게 자신의 문제를 드러낼 것이다. 게다가 내가 심각한 궁지에 몰려 있을 때는 타인의 시선도 달라진다. 오만한 부자도 끔찍한 참상에 이른 가난 앞에서 경멸적 시선을 던지기는 어려울 것이다. 그는 심지어 연민의 표정을 지을지도 모른다. 그런 타인의 태도 변화 역시 부끄러움을 경감하는 요인이 된다. 극도의 비참에 빠져 있는 사람이 적어도 창피함과 같이 피상적인 감정에 빠지지 않으리라는 것은 분명하다. 그러니까 우리가 심각한 곤경에 빠질 때

가장 먼저 없어지는 것은 부끄러움의 표피적인 층에 있는 창피함의 감정이다.

그래서 전형적인 창피함의 감정을 일으키는 자아의 결함은 죄책감을 일으킬 정도로 타인에게 해가 되지도 않고, 자신의 삶을 비극적인 지경으로 몰아넣지도 않는 비교적 경미한 결함이다. 경미하지만 그래도 결함은 결함이라서 타인의 눈에 띄면 차별과 조롱의 대상이 될 수 있는 것, 당나귀의 귀처럼 긴 경문왕의 귀 같은 것이 바로 그런 결함이다. 임금이 된 뒤에 갑자기 귀가 길어진 경문왕은 창피해서 이 사실을 아무도 모르게 감추려 했다. 경문왕은 모자로 자신의 우스꽝스러운 외관을 가렸다. 모자를 만드는 사람에게까지 귀를 감출 수는 없었지만, 그마저도 철저한 입단속으로 우스꽝스러운 귀에 대한 소문이 퍼지는 것을 막으려 했다. 당나귀 귀라는 신체적 결함은 단지 우스꽝스러워 보일 뿐이고, 귀가 잘 들리지 않는 것 같은 기능적 장애는 아니기 때문에 잘만 감추어서 남의 눈에 띄지 않게만 하면—대나무 숲 때문에 결국은 완전히 감추는 데도 실패하지만— 문제는 어느 정도 해결된다.

여우에게 꼬리가 없다는 것 역시 경문왕의 귀와 같은 창피한 결함에 속한다. 앞에서 말했듯이 꼬리는 전혀 무용한 것은 아니지만 그렇다고 생존에 정말 필수적이라고까지 할 수는 없는 신체 기관이다. 꼬리가 잘려서 여우가 겪는 가장 심각한 문제는 온전한 여우가 아니라는 좋지 않은 느낌, 다른 여우들의 시선을 받는 데서 오는 창피함뿐이다. 역설적이게도 결함 자체가 비교적 경미한 만큼 창피함이 주는 고통은 오히려 커진다. 그래서 여우는 창피해서 못 살겠다고 생각한 것이다. 게오르크 짐멜(Georg Simmel)은 「부끄러움에 대하여」라는 에세이에서 후천적으로 불구가 된 사람이 불구로 태어난 사람과 달리 자신의 불구 상태에 대해 부끄러움을 느끼지 않는다고 말했지만,[4] 덫에 걸려 꼬리가 없어진 여우를 보면, 그것은 적어도 창피함의 감정에는 적용되지 않는 말인 듯하다.

꼬리를 잘린 여우는 경문왕처럼 창피해하지만 경문왕보다 불리하다. 꼬리의 결여를 감추는 것은 큰 귀를 가리는 것보다 훨씬 더 어렵기 때문이다. 감출 수 없는 결함을 없애기 위해 여우는 다른 여우들에게도 꼬리를 자를 것을 권유한다. 여우는 꼬리의 결여가 큰 결함으로 느껴지는 것이 다만 꼬리 달린 여우를 정상적인 여우로 보는 관념 때문일 뿐이라고 생각하고, 정상적인 여우의 기준 자체를 바꾸기 위해 동료들도 모두 꼬리를 자르게 하려 한 것이다. 물론 그 제안은 거부된다. 누가 자신의 풍성하고 아름다운 꼬리를 포기하려 하겠는가? 그러나 여우가 다른 여우에게 꼬리 자르기를 권유하려고 시도했다는 사실만으로도

22

꼬리의 결여가 얼마나 경미한 문제인지 증명된다. 만일 다리가 잘라졌다면, 여우도 다른 여우에게 자기처럼 다리를 잘라보라는 말은 결코 하지 못했을 것이다.

경문왕과 꼬리 자른 여우의 이야기는 창피함을 모면하는 두 가지 전략을 보여준다. 하나는 결함을 잘 숨기는 것이고, 다른 하나는 타인까지 결함 있는 존재로 만들어서 자신의 결함을 아예 지워버리는 것이다. 물론 숨기기가 일차적인 전략이므로, 일단 최선을 다해 결함을 숨겨야 한다. 그러다가 숨기는 것이 불가능해지면 타인에게 흠집을 내는 전략으로 옮겨가야 한다.

그런데 이러한 전략과 관련하여 한 가지 주의할 점이 있다. 타인의 결함을 폭로함으로써 자신의 결함을 희석시키는 것은 창피함에 대응하기 위한 전략일 뿐이다. 문제되는 결함이 타인에게든 자신에게든 심각한 피해를 낳는다면, 결함을 평준화하여 자신의 결함을 지워버릴 수 있다는 생각은 망상에 지나지 않는다. 내 다리가 잘라졌을 때 다른 사람들의 다리를 자른다고 문제가 없어지지는 않기 때문이다. 그런데 언제부터인가 그런 식의 태도가 일상화되어 가는 듯하다. 부끄러운 일이 드러나도 나만 부끄러운 짓을 했느냐며 큰소리친다. 모두를 결함 있는 존재로 만드는 여우의 방식으로 문제를 해결하려는 것인데, 이러한 태도의 진짜 문제점은 하나의 부끄러운 짓을 다른 부끄러

　창피함과 부끄러움은 어떻게 다른가: 「꼬리 잘린 여우」

운 짓으로 상쇄하는 가운데 정작 그 부끄러운 짓으로 초래된 심
각한 사회적 폐해에서 주의를 돌린다는 데 있다. 그렇게 순간의
위기를 모면하려는 맞불 작전이 난무하면서 사회적 책임을 저
버린 데 대한 죄책감과 같은 반성적 의식은 어디론가 실종된다.
부끄러움이 내면을 잃고 피상적인 창피함으로 전락하는 중이다.

고통의 역설

「노인과 죽음」

어떤 노인이 나무를 해서 등에 지고 먼 길을 떠났다. 도중에 너무나 지친 나머지 짐을 내려놓고 죽음을 불렀다. 죽음이 나타나 왜 불렀는지를 묻자, 노인은 이렇게 대답했다. "내 짐을 대신 져주십사 불렀지요."

흔히 우스갯소리로 사람들이 하는 말 가운데 이런 것이 있다. 노인들은 '늙으면 어서 죽어야 해' 하고 말하곤 하지만 그건 절대 진심이 아니라는 것이다. 이러한 농담에 담긴 뜻은 대략 다음과 같다. 인간은 늙어가면서 현실적으로 죽음의 시간이 점점 더 가까이 다가오는 만큼 죽음을 태연히 받아들이는 모습을 보이고 싶어 하지만, 실제로 살고자 하는 집착은 오히려 강해지면 강해졌지 절대 사라지지 않는다는 것이다.

「노인과 죽음」이라는 우화에도 유사한 메시지가 담겨 있다. 우화의 주인공은 무거운 짐을 등에 짊어지고 먼 길을 간다. 살날도 얼마 남지 않은 노인인데, 그 남은 시간이나마 편안하게 지낼 수 있는 것도 아니고, 내내 고역에 시달리며 보내야 한다. 그렇다면 노인은 자신의 삶에 특별히 집착할 이유가 없는 것처럼 보인다. 얼마 남지 않은 삶 동안 고생이나 하다가 죽게 될 거라면, 무엇 때문에 고통을 감내하며 생을 이어간단 말인가? 아마 노인도 그런 생각이 들어서 짐을 내려놓고 죽음을 불렀을 것이다. 차라리 지금 당장 죽는 것이 고통에서 해방되는 길이 아니겠는가? 그런데 정작 죽음이 눈앞에 나타나자 노인은 겁을 집어먹고 당황한다. 죽음은 노인에게 왜 불렀는지 묻지만, 노인은 그 물음에 날 데려가 달라고 대답하지 못하고, 짐을 들어달라고 부탁하려 한 것이라고 둘러댄다. 그러니까 진심으로 죽을 생각은 전혀 없었던 것이다.

고통스럽고 희망 없는 삶이라도 살아야 하는 것일까? 아무리 힘겨워도 죽는 것보다는 사는 게 더 나을까? 물론 삶의 무게를 감당하지 못하고 스스로 죽음을 택하는 사람도 없지는 않다. 그러나 대부분의 사람들에게 삶의 고난을 벗어나기 위해 삶 자체를 포기한다는 것은 쉽게 상상하기 어려운 일로 느껴질 것이다. 우화가 말해주는 것처럼 죽음에 근접해 있는 노인조차 자기가 처한 상황과 관계없이 삶에 대한 끈질긴 욕망을 드러낸다. 그렇다면 살고자 하는 욕망은 고통을 피하려는 본능보다 강력한 것이라고 해야 할까? 삶에 대한 집착이나 죽음을 회피하는 성향은 행복과 안락함을 추구하고 불행과 고통을 회피하는 성향에 우선하여 작용하는 것인가?

생사고락(生死苦樂)이라는 말이 있다. 삶과 죽음, 괴로움과 즐거움을 아우르는 말이다. 앞에서 던진 질문에 답하기 위해서는 생, 사, 고, 락, 이 네 개념 사이의 관계를 찬찬히 따져볼 필요가 있다. 본래 즐거움은 삶에 도움이 되는 선택에 따라오는 보상이다. 당분은 입에 즐거움을 준다. 우리가 이처럼 강력한 미각적 쾌락을 느끼는 것은 생명 활동에 필수적인 에너지가 당분에서 나오기 때문이다. 몸에 꼭 필요한 것이기에 인간은 그것을 좋아하고 즐기는 성향을 가지도록 진화한 것이다. 우리는 그저 꿀이 맛있으니까 먹을 뿐이지만, 그렇게 함으로써 결과적으로 몸에 좋은 일을 하는 셈이다. 그러므로 즐거움[樂]이란 무엇을 선택해야 건강과 생명을 잘 유지할 수 있는지를 알려주는 긍정적 신호라고 할 수 있다. 즐거움을 따라가는 것이 곧 생명의 길이다. 괴로움[苦]도 비슷한 방식으로 이해할 수 있다. 괴로움은 삶을 해치는 상태에서 벗어나도록 자극하는 부정적 신호다. 물을 마시지 못하면 목이 타서 고통스럽다. 괴로운 갈증은 몸에 필요한 수분이 공급되지 못하고 있음을 자각하게 한다. 고통이 물을 찾아 마시게 만들고, 이로써 건강이 악화될 정도로 수분 결핍 상태가 방치되는 것을 미연에 방지한다. 무거운 짐을 지는 일이 고통스러운 것 역시 마찬가지 이치다. 무거운 짐은 골격을 변형시키고 관절을 망가뜨린다. 무거운 짐을 지는 데 따른 고통 역시 몸이 병들고 죽음에 다가가고 있음을 알리는 경고 신호인 것이다. 괴로움을 느끼지 못했다면 노인은 몸이 완전히 망가지는 줄도 모르고 무거운 짐을 지고 계속 길을 갔을 것이다. 더 살고 싶지 않을 정도의 심각한 고통은 역설적이게도 몸을 보호하고 생명을 유지하는 데 기여한다. 이처럼 쾌락과 고통, 즐거움과 괴로움은 살려는 원초적 욕망, 죽음에서 달아나려는 본성과 불가분의 관계에 있다. 즐거움을 좇는 것도, 괴로움을 피하는 것도, 모두 죽음을 멀리하고 삶을 유지하기 위한 행동이다.

그러므로 삶이 주는 심각한 고통에서 벗어나기 위해 차라리 삶을 버리겠다는 생각에는 어떤 모순과 역설이 있다. 고통에 대한 감각, 고통에서 벗어나고 싶어 하는 마음속에는 이미 온전한 삶에의 의욕이 함축되어 있기 때문이다. 너무 고통스럽다, 고통스러워서 살 수가 없다, 이런 삶이라면 차라리 포기하고 말겠다는 외침은 단순히 죽음에의 갈망의 표현이 아니라, 죽어가는 삶에 대한 부정이며, 그런 의미에서 더 나은 삶, 삶다운 삶에 대한 강렬한 희구를 담고 있다.

우화 「노인과 죽음」에서도 노인은 짐이 너무나 무거워서 이러한 삶을 중단하겠다고 생각하고 죽음을 불러보지만, 노인의 외침에서 방점은 죽음의 긍정보다는 사는 게 사는 게 아닌 것 같은 고통스러운 삶을 부정한다는 데 놓여 있다. 여기서 무엇보다도 주목해야 할 것은 노인이 죽음을 부르기 전에 짐을 내려놓는다는 사실, 지금의 삶을 포기하기로 한 순간 가장 먼저 짐을 내려놓고 휴식을 취한다는 사실이다. 쉬는 것은 곧 숨을 쉬는 것이며, 생명의 기운을 흡입하는 것이다. 노인은 죽음을 외치는 순간에도 자신을 죽음으로 몰아가는 고통스러운 짐을 벗어버림으로써 삶에의 의지를 드러낸다. 그래서 죽음이 정말 나타나서 원하는 것을 물어보았을 때 노인이 죽음에게 짐을 들어달라고 부탁한 것도 그리 놀라운 일은 아니다.

그렇다면 노인들이 '어서 죽어야지'라고 중얼거릴 때에도, 그것은 대개 죽음을 향해 가는 삶답지 못한 삶에 대한 한탄일 뿐, 삶 자체의 포기를 의미하는 것은 아니라고 보아야 할 것이다. 노인들은 더 좋은 삶에 대한 소망과 욕구를 여전히 마음 어딘가에 품고 있기에 이에 못 미치는 고통스러운 삶을 한탄하는 것이다.

그렇다면 정말 스스로 목숨을 끊는 사람의 경우는 어떻게 이해해야 할까? 지금까지 말한 것처럼 고통은 삶과 죽음 사이에서 죽음의 방향을 가리키고, 인간은 이를 경고등 삼아 삶 쪽으로 방향을 잡아 나아간다. 고통과 괴로움이 사방을 에워싸고 있어서 그 어디로도 피할 수 있는 길이 보이지 않는다고 느낄 때, 어떤 진통 처방조차 가능하지 않고 고통이 삶의 항구적인 상태가 되었을 때, 삶이 온통 죽음만을 가리키고 있을 때, 사람들은 자살을 생각한다. 자살은 고통을 회피하고 죽음을 향해 가는 삶의 행로를 중단시키려는 시도라는 점에서 고통에 대한 일반적인 반응, 즉 삶을 위한 고통의 회피 시도와 다르지 않다. 다만 어디로도 피할 길이 없기에 죽음과 다름없는 삶 자체를 파괴함으로써 죽음으로 가는 길을 중단시키는 것이다. 죽음으로 죽음을 막는 것이 자살이다. 그런 의미에서 자살은 처절하게 절망한 자가 삶을 구원하기 위해 택하는 마지막 저항의 수단인 셈이다.

보론: 쾌락과 고통

지금까지 살펴본 것처럼 쾌락과 고통은 근본적으로 삶과 죽음 사이에서 삶의 방향으로 인도하는 신호라고 해석할 수 있다. 쾌락은 긍정적인 신호이고 고통은 부정적인 신호다. 쾌락은 따라

가라는 신호이고 고통은 반대로 가라는 신호다. 그런데 왜 삶을 위한 신호는 이렇게 이원적 시스템으로 이루어져 있는 것일까? 삶이 죽음의 반대이고, 죽음이 삶의 반대라면, 그리하여 죽음을 피하는 것이 삶으로 가는 길이고 삶으로 가는 것이 곧 죽음을 피하는 길이라면, 쾌락이나 고통 가운데 하나만으로도 삶의 길을 안내하기에 족할 것이다. 이를테면 고통의 유무라는 구별만으로도 우리는 삶의 길을 찾아갈 수 있지 않겠는가? 이미 고통이라는 신호가 있는데 왜 쾌락이 또 필요한가?

쾌락과 고통의 차이는 단순히 긍정과 부정의 차이가 아니다. 쾌락과 고통은 신호로서 다른 기능을 수행한다. 쾌락은 장기적인 이익을 가리키는 신호이고 고통은 단기적인 위험을 알리는 신호다. 결핍이 시급히 해소되어야 함을 알리는 것은 굶주림이다. 굶주림은 고통이며, 이 고통은 영양분의 섭취가 빨리 이루어지지 않으면 생명 활동에 이상이 생길 것임을 예고한다. 반면 단맛이 주는 즐거움은 우리로 하여금 기회가 있을 때마다 당분을 섭취하도록 유도한다. 지금 당장 결핍이 있는 것이 아니지만 쾌락이 알리는 신호를 따라 행동하면 에너지원을 미리 비축하여 미래의 결핍에 대비할 수 있다. 번식을 위한 행동이 주는 강렬한 쾌감도 이러한 원리로 설명할 수 있다. 그것은 개체 자신의 생명 활동을 유지하는 데 반드시 필요한 행동은 아니다.

고통의 역설: 「노인과 죽음」

번식 행동은 미래의 생명을 보존하는 행동이니, 성적 쾌감 역시 장기적인 관점에서 삶을 위한 신호로 작용하는 것이다.

쾌락이 미래를 위한 투자처를 알리는 신호라는 가설은 생존에 절대적으로 필요하지만 장기적인 비축이 불가능한 물이나 산소의 경우에 쾌락의 신호 시스템이 발전하지 않은 이유를 잘 이해할 수 있게 해준다. 우리는 물을 마시지 못하거나 숨을 쉬지 못하면 심한 고통을 느낀다. 물을 마시지 못하거나 숨을 쉬지 못하는 데서 오는 고통은 생명 활동에 지장이 있을 것임을 알리는 긴급 경보 신호이고, 이 신호 덕분에 우리는 물 마시는 것을 게을리 하거나 산소 공급 부족을 눈치 채지 못해서 스스로의 건강과 생명을 위험에 빠뜨리는 실수는 범하지 않는다. 반면 우리는 물과 산소가 주는 쾌락의 약속에 끌려 당장의 필요 이상으로 물을 마시거나 산소를 흡입하지도 않는다. 물을 마시는 것, 산소를 흡입하는 것은 어떤 자극적인 쾌락도 수반하지 않는다. 물도 산소도 맛이 없다. 그것은 단기적인 필요 이상으로 물과 산소를 과다 흡입하여 미래를 위해 몸속에 비축해 둘 가능성이 없다는 사실과 관련이 있다.

이런 상상을 해보면 어떨까? 쾌락과 고통이 일종의 신호라면 그 신호를 인간이나 동물의 개체에게 보내는 어떤 주체가 있을 것이라고 말이다. 그렇게 본다면 바로 자연이 그 주체일 것이다. 신호를 보내는 주체, 즉 발신자로서의 자연은 쾌락과 고통이라는 신호를 번갈아 구사하며 개체의 행동을 일정한 방향으로 몰아가는 조련사 혹은 훈육자라고도 할 수 있을 것이다. 자연은 훈육자로서 당근과 채찍을 모두 사용한다. 이때 채찍, 즉 고통은 건강과 삶을 당장 위협하는 긴급한 문제의 해결을 독촉하기 위해서, 그리고 당근, 즉 쾌락은 당장의 긴급한 필요는 아니지만 장기적으로 볼 때 해두면 해둘수록 바람직한 행동을 장려하기 위해서 사용된다. 개체의 행동을 조종하는 데는 채찍이 더 빠르고 효과적인 수단이지만, 자연이 오직 채찍만으로 개체를 조련한다면 개체는 온통 고통과 고통을 피하기 위한 수고밖에는 없는 팍팍한 삶을 감내하지 않으면 안 될 것이다. 자연은 고통이라는 훈육 수단을 아주 긴급한 경우로 제한하고 삶의 많은 중요한 영역을 쾌락을 통해 다스린다. 그 결과 세상은 고통도 만연하지만 이와 동시에 많은 즐거움과 기쁨도 누릴 수 있는 이중적 공간이 된 것이다.

합리적 형벌
「개미에 물린 남자와 헤르메스」

한 남자가 배가 침몰하는 것을 보고 말했다. "신의 심판은 불공평하다. 단 한 사람의 죄인이 타고 있었을 뿐인데, 그로 인해 모든 사람이 죽어야 하다니." 그때 그의 발을 개미 한 마리가 물었다. 그는 몹시 화가 나서 닥치는 대로 개미들을 밟아 죽였다. 이때 헤르메스 신이 나타나서 말했다. "이봐, 네가 그러고도 신들의 심판은 용납할 수 없다는 거야?"

세계의 신화에는 신의 징벌에 관한 이야기들이 많이 있다. 에덴동산에서 추방당한 아담과 이브의 이야기가 대표적이다. 인간의 타락에 분노한 신이 큰 비를 내려 거의 모든 인간과 짐승을 몰살시키는 대홍수 이야기는 구약뿐만 아니라 수메르 신화에서도, 그리스 신화에서도 발견된다. 고대 그리스 비극의 대표적 소재가 된 친부 살해와 근친상간에 관한 '델피의 신탁'이나 '탄탈로스 가문의 저주' 역시 신적 징벌의 이야기다.

신화가 이야기하는 신적 징벌은 대부분 지나치게 가혹하다는 인상을 준다. 아담과 이브는 신의 명을 어겼으니 에덴동산에서 추방당함이 마땅하다고 하더라도, 신의 징벌은 거기서 그치지 않고, 그 후손에게까지 계속 영향을 미친다. 에덴동산에서 추방된 이후 여자는 출산의 고통을 감내해야 하고 남자는 땀을 흘리고 흙을 파야 곡식을 얻을 수 있으며, 인간은 죽음의 운명을 진 존재가 된다. 기독교 신학은 이에 근거하여 원죄의 이론을 수립한다. 인간의 조상이 죄를 지었기 때문에 인간은 이미 죄를 지은 상태에서 태어난다는 것이다. 조상의 죄가 후손에게 상속되기에, 독일어로는 원죄를 Erbsünde(상속 죄)라고 한다. 그런데 죄의 상속이 정당하다고 할 수 있을까? 왜 아담과 이브의 잘못으로 이후의 모든 인간이 낙원에서 추방된 자로서 살아야 하는가?

죄의 상속은 창세기만의 문제는 아니다. 그리스 신화에서 라이어스는 펠롭스의 어린 아들 크리시포스를 납치하고 겁탈함으로써 자신을 어려서부터 거두어 길러준 펠롭스의 은혜를 원수로 갚는다. 분노한 펠롭스는 라이어스에게 자식을 갖지 못할 것이라고 저주했고, 이는 라이어스가 자식을 낳는다면 자식에게 죽임을 당하고 아내가 그 자식과 결혼하게 될 것이라는 델피의 신탁으로 발전한다. 라이어스는 테베의 왕이 되고 이오카스테와 결혼한 뒤 아기가 생기지 않게 조심하기는 했으나 뜻하지 않게 오이디푸스라는 아들을 얻게 된다. 라이어스는 결국 오이디푸스에게 살해됨으로써 죗값을 치른다. 그러나 신탁이 부과한 저주스러운 운명은 라이어스 왕 한 명의 불행에 그치지 않는다. 이오카스테는 무슨 잘못으로 남편을 잃은 뒤에 아들과 결혼하고 결국 자결하는 비운을 겪어야 했는가? 오이디푸스는 또 무슨 잘못으로 아버지를 죽이고 어머니와 결혼하는 끔찍한 죄를 떠안고 스스로 눈을 찌르고 고국을 떠나야 했는가?

탄탈로스 가문의 저주 역시 조상의 잘못이 후손의 삶에 파국을 가져오는 대표적 예다. 탄탈로스는 신들의 전지전능함을 시험해보기 위해 아들 펠롭스를 요리하여 신들에게 대접한다. 탄탈로스는 그 교만함 때문에 신들의 분노를 사고 갈증의 고통에서 영원히 벗어나지 못하는 신세가 되지만, 신의 징벌은 거기서 끝나지 않고 가문 전체에 대한 저주로 이어진다. 수대에 걸쳐 끔찍한 복수극이 펼쳐진다. 숙부가 조카를 죽이고 조카가 숙부를 죽인다. 아버지가 딸을 제물로 바치고, 아내가 남편을 죽이며, 아들이 어머니를 죽인다.

　노아의 방주는 어떤가? 신은 인간이 얼마나 못됐는지를 보고 대홍수로 지상의 생명을 없애버릴 것을 결심한다. 노아만이 의로운 사람이었기에 신의 선택을 받아 방주를 짓고 그 가족과 함께 살아남을 수 있었다. 그러나 과연 노아의 가족 외에 모든 인간이 죽어 마땅한 악덕에 빠져 있었다고 할 수 있을까? 물론 갓 태어난 아기도 있었을 것이다. 그 아기들까지 모두 홍수로 휩쓸어버려야 했을까? 신은 짐승들도 덩달아 몰살시키기로 한다. 왜 인간의 악덕 때문에 짐승들까지 징벌의 대상이 되어야 하는가? 고대 그리스 신화에서도 대홍수를 가져온 것은 인간의 타락이다. 그런데 아폴로도로스는 『도서관』에서 대홍수가 아르카디아 왕 리카온의 자식들이 제우스에게 인육을 대접하는 불경을 저질렀기 때문에 일어났다는 설을 소개하고 있다.[5] 한 집안의 불경죄로 (데우칼리온과 그의 아내 피라를 제외하고) 전 인류가 몰살당했다는 것이다. 이것은 정말 지나친 형벌이라고 하지 않을 수 없다.

　무자비한 신적 징벌의 신화가 생겨나는 배경은 이렇게 설명할 수 있을 것이다. 그러한 신화는 홍수나 지진, 화산 폭발 같은 자연의 거대한 재앙과 그것이 초래하는 무차별한 파괴, 그 외에도 삶에서 끊임없이 발생하는 우연하고 불운한 희생을 인간의 과오에 따른 신적 징벌이라는 유의미한 사태로 받아들일 수 있게 해준다. 그런데 무자비한 신적 징벌의 신화가 죄와 벌 사이의 커다란 불균형에도 불구하고 세계에 대한 유의미한 해석으로 수용될 수 있었던 것은 고대에 (그리고 중세까지도) 집단적 처벌의 관행, 연좌제의 관행이 만연해 있었기 때문일 것이다.

고대 세계에서 법적 정의와 복수는 잘 구별되지 않았다. 원한 감정에 따른 응징은 가해자가 속한 씨족, 부족 전체를 대상으로 확장되는 경향을 나타낸다. 몇 대에 걸쳐 계속 작용하는 가문에 대한 저주라는 관념은 강렬한 원한 감정과 복수심에 그 기원을 둔다. 탄탈로스 신화에도, 오이디푸스 신화에도, 신적인 징벌의 계기와 인간적 원한과 복수의 계기가 공존한다. 오이디푸스 신화에서는 펠롭스가 자기 아들에게 해를 입힌 라이어스를 저주하고, 부친 살해와 근친상간에 관한 델피의 신탁은 이러한 인간적 원한과 저주에 대한 신적 승인의 양상을 띤다. 탄탈로스의 가문에 닥친 저주는 신들을 깔본 탄탈로스의 교만함뿐만 아니라 탄탈로스의 아들 펠롭스가 저지른 죄도 함께 원인으로 작용한다. 신들이 되살려낸 펠롭스는 훗날 신부를 얻는 데 뮈르틸로스의 도움을 받고도 도리어 그를 배신하고 살해한다. 그리하여 죽어가는 미르틸로스가 펠롭스의 배신에 치를 떨며 펠롭스와 그의 자손들을 저주하는 것이다.

이처럼 죄의 상속과 집단의 죄를 당연시하는 신화적 세계관에는 고대적인 복수의 정의관이 깔려 있다. 그렇다면 한 사람의 죄인 때문에 배에 탄 모든 사람을 익사시킨 신의 처사에 대한 남자의 비판은 신화적 세계관과의 결별 선언이라고 할 수 있다. 그것은 개개인의 죄가 가문 전체, 심지어 전 인류에 대한 형벌로 응징되는 신화적 세계에 대한 합리주의적인 비판이다. 탈주술적이고 탈신화적인 근대 합리주의가 오직 행위에 대해 책임을 물을 수 있는 개인만을 처벌하는 것을 기본적인 법질서의 원리로 삼는다면, 우리는 우화 주인공의 신화 비판에서 근대적 법 정신의 선구를 읽어낼 수도 있을 것이다. 대홍수의 신화를 암시하는 듯한 우화의 비판적 목소리는 고대 그리스 정신이 뮈토스에서 로고스로(빌헬름 네스틀레), 신화적 정신에서 합리성으로 이행해 갔음을 증언해준다.

그렇다면 우화의 마지막에 등장한 헤르메스는 어떻게 이해해야 할까? 인간이 감히 신의 심판을 두고 평을 하고 있는데 그저 신들의 사자인 헤르메스가 가벼운 타박의 말을 하고 있다는 사실 자체가 이미 약화될 대로 약화된 신들의 입지를 보여준다. 신의 잘못을 운운하는 건방진 인간조차 그 불경함으로 인해 무자비하게 처벌받지는 않는다. 헤르메스는 자기 나름의 논거를 가지고 인간과 논쟁을 벌일 뿐이다.

헤르메스는 남자가 자기모순에 빠졌음을 지적한다. 남자는 한 사람의 잘못 때문에 배에 탄 모든 사람을 죽음으로 몰아간 신의 부당함을 비판하면서도 정작 자신은 한 마리 개미에 물린 것에 대한 보복으로 수많은 개미를 밟아 죽인 것이다. 헤르메스의 비판은 적어도 다음 세 가지 해석 가능성을 향해 열려 있다. 첫째, 개미에 대한 남자의 보복을 근거로 신의 심판을 옹호하고 정당화하려 한 것이라고 볼 수 있다. 신화적 세계관으로의 회귀다. 다만, 고작 개미에 물린 고통에 분을 못 참고 개미들을 마구 짓밟는 인간을 신에 비유하는 것이 과연 신에 대한 진지한 옹호가 될 수 있는지 의심스럽다. 둘째, 남자에게 더 철저한 합리성을 요구한 것이라고 해석할 수 있다. 합리적 심판이라는 원칙을 심판 받는 자의 입장에 있을 때뿐만 아니라 심판하는 입장에 있을 때도 지키려고 노력해야 한다고 남자에게 충고한 것이다. 셋째, 헤르메스는 이보다 덜 낙관적이었을 수도 있다. 이 해석에 따르면 헤르메스는 남자가 빠진 자가당착을 헤어 나올 수 없는 인간적 딜레마로 보고, 비합리주의를 쉽게 극복할 수 있다고 믿은 남자에게 그 점을 일깨운 것이다. 안타깝게도 인간의 역사를 생각할 때 가장 마음이 끌리는 것은 이 마지막 해석, 가장 비관적인 해석이다.

합리주의적 법질서는 특히 심판 받는 자의 입장에서 억울함이 없게, 합당한 처벌을 받도록 하는 것을 최우선으로 생각하며, 반면에 심판하는 자, 처벌을 원하는 자, 원한을 가진 자의 비합리성은 억제하고자 한다. 그러나 인간 사회의 제도와 법질서가 합리적으로 발전하더라도 비합리적 복수심과 공격성은 완전히 극복되지 않는다. 그렇기에 적이라고 여겨진 집단에 대한 최악의 '심판' 행위(학살 행위)가 근대 문명이 정점에 이른 20세기에 세계 곳곳에서 벌어진 것이다. 이러한 집단 학살까지는 아니라고 해도 21세기에 온라인 문화 속에서 여전히 번성하는 인종주의와 국수주의 같은 수많은 차별주의적 이데올로기는 상징적인 공격을 통해 특정한 집단에 속한 개개인을 부당한 심판의 희생양으로 만든다. 여기서 우리가 거듭 확인하는 것은 개개인에 대한 부정적 판단에서 곧장 그들이 속한 집단 전체에 대한 심판으로 나아가려는 유혹의 힘이 여전히 얼마나 강력한가이다. 제도적으로 우리는 연좌제와 결별했지만 제도 밖에서는 여전히 연좌제의 그물 속에 살고 있다.

신의 합리적인 심판을 요구한 사람이 즉각 무자비한 복수의 화신으로 돌변하는 위의 우화는 신화에서 이성으로의 이행이 그렇게 단순한 과정이 아님을, 그리하여 근대가 추구한 철저한 합리화의 과정이 억제된 비합리성의 분출을 폭탄처럼 속에 품은 채 진행되는 과정임을 예언하고 있는 것처럼 보인다.

합리적 형벌: 「개미에 물린 남자와 헤르메스」

부러움인가 시샘인가

「제우스와 프로메테우스와 아테나와 모모스」

제우스와 프로메테우스와 아테나는 각각 황소와 사람과 집을 만든 뒤 모모스를 심사위원으로 불러 무엇이 가장 우수한지 물었다. 그러나 모모스는 시샘 때문에 모든 작품의 결점만을 이야기한다. "제우스는 황소의 눈 아래 뿔을 달아야 했다. 그래야 공격할 때 대상을 볼 수 있을 것이다. 프로메테우스는 사람의 가슴에 창문을 내지 않은 것이 잘못이다. 나쁜 마음을 먹어도 알아볼 수가 없다. 아테나는 집에 바퀴를 달지 않은 것이 잘못이다. 옆에 나쁜 이웃이 와도 달아날 수가 없다." 그러자 제우스는 모모스를 괘씸하게 여겨 올림포스에서 추방했다.

올림픽의 발원지가 그리스라는 데서도 짐작할 수 있듯이, 그리스인들은 유별나게 경쟁과 경연을 즐겼다. 신들조차 경쟁의 욕망이나 압박에서 자유롭지 못하다는 것은 그 유명한 '파리스의 심판'에서도 드러나 있다. 트로이의 왕자 파리스는 여신들의 부탁으로 그들의 아름다움을 평가하는 미인대회 심사위원이 된다. 그는 여신들의 뇌물 공세에 현혹된 나머지 본래 경연대회의 취지에 맞지 않는 불공정한 판정을 내린다. 지혜의 전수를 약속한 아테나도, 세계의 지배권을 약속한 헤라도, 세계 최고 미녀의 사랑을 구해주겠다고 한 아프로디테를 당할 수 없었다. 파리스는 아프로디테를 승자로 선언했다. 그 대가로 아프로디테는 메넬라오스의 아내인 헬레나를 납치하여 트로이로 데려온다.

파리스는 자신을 강화시켜줄 권력도 지혜도 마다하고 아름다운 여인의 사랑을 선택한다. 그리 사려 깊은 결정은 아니었지만, 파리스의 기구한 운명을 생각하면 이해하지 못할 선택도 아니다. 트로이의 프리아모스 왕과 헤카베 왕비는 파리스를 낳았을 때 이 아이가 트로이를 멸망시킬 거라는 예언을 듣고 그를 내다버렸고, 버려진 파리스는 암곰의 젖을 빨며 겨우 생존할 수 있었다. 애정 결핍 속에 불우한 어린 시절을 겪은 파리스가 자신을 사랑해줄 미녀를 선택한 것을 어떻게 비난할 수 있겠는가? 어쨌든 아프로디테의 무리한 선물은 그리스 군의 총공격을 불러오고 불길한 예언대로 트로이는 멸망한다.

제우스, 프로메테우스, 아테네의 우화에서는 신들이 자신의 창조물을 가지고 발명품 경연대회를 벌이는데 그들은 이번에도 문제가 있는 심사위원을 고른다. 모모스는 이름 자체가 '비난'을 의미하며 무엇이든 흠잡고 조롱하고 폄하하는 것을 업으로 하는 신이다. 그러니 그는 파리스처럼 뇌물에 끌리는 불공정한 심판관은 아니지만, 가장 우수한 것을 선정하는 경연대회의 심사위원으로서는 전혀 적합하지 못하다. 자기 작품의 우수성에 대한 찬사를 기대하고 모모스를 불러온 신들은 트집 잡는 그의 악의적 평가에 기분만 잡치고 만다.

이솝우화는 무조건 악평을 하는 모모스의 심리를 시샘으로 규정한다. 시샘이란 무엇인가? 시샘은 부러움과 밀접한 관계가 있지만 이와 동일한 감정은 아니다. 부러움의 감정은 자신이 가지지 못한 어떤 가치를 지닌 타인에 대한 감정, 타인과의 비교에서 일깨워지는 결핍의 감정이다. 그렇다고 해서 부러움이 전적으로 부정적이기만 한 것은 아니다. 누군가를 부러워할 때 우리는 장차 추구해야 할 목표를 발견하고 삶의 활력을 얻을 수 있다. 언젠가 타인처럼 원하는 가치를 획득할 거라는 기대가 행복감을 유발하고, 여기서 내가 소망하는 미래를 이미 살고 있는 사람에 대한 긍정적인 감정이 파생되기도 한다. 그것은 소망을 실현한 사람을 보는 데서 오는 대리 만족이거나 그러한 사람에 대한 어떤 존경의 감정이다. 타인은 내가 되고자 하는 이상적 자아의 자리에 있다. 요컨대 부러움은 타인을 통해 유발된 결핍의 감정이 어떤 기대와 존경, 가상적 만족과 같은 긍정적 감정에 감싸여 있는 상태를 가리킨다.

그런데 누군가를 부러워하려면, 그가 나 자신보다 우위에 있는 존재라는 것을 쉽게 받아들일 수 있어야 한다. 예컨대 이미 다른 면에서 나 자신보다 앞서 있다고 인정할 만한 사람, 자신보다 사회적 지위가 높거나 연장자이거나 한 사람에 대하여, 내가 소망하는 가치가 그에게 있음을 확인할 때, 나는 특별한 저항감 없이 그를 부러워할 수 있다. 내가 나 자신과 사회적으로 대등하거나 그 이하의 위치에 있는 사람에게도 부러움을 느낄 수 있다면, 그것은 아마 나 역시 다른 사람들이 부러워할 만한 좋은 점을 충분히 가지고 있어서 특정한 면에서 타인에게 우위를 인정한다고 해도 이로 인해 나의 자존감이 무너질 염려는 없기 때문일 것이다.

반면, 타인과의 비교에서 상대적 결핍을 자각하고 나 자신이 타인에 비해 열등한 위치로 떨어진다고 느낄 때, 그리고 이를 용납하기 어려운 사태라고 느낄 때, 결핍감은 시샘이 된다.

시샘하는 자는 '내가 A에 비해 빠질 게 없는데, 내가 A보다 우월한 사람인데…' 하는 식의 생각에 빠져들고, 이는 내가 마땅히 가져야 할 것을 상대에게 빼앗겼다는 느낌으로까지 발전한다. 타인은 내가 본받아야 할 이상적 자아가 아니라 꺾어 눌러야 할 라이벌, 적대적 경쟁자로 나타난다.

시샘하는 자는 라이벌에 대해 이중적 태도를 취한다. 한편으로 라이벌이 나에 앞서 있고 나보다 우월한 지위를 차지했음을 느끼기에 그를 모방하여 따라잡으려 하지만, 다른 한편으로 라이벌이 자기보다 우월하다는 것을 받아들일 수 없기에 그를 헐뜯고 부정하려 한다. 부러움의 감정이 단순하고 진실하다면, 시샘은 복잡하고 비틀어져 있다. 시샘은 부러움보다 더 강력한 성취욕을 자극할 수 있지만, 라이벌을 따라잡을 전망을 전혀 찾지 못하는 상황에서는 부정하고 파괴하는 에너지로 작용한다.

모모스의 시샘은 세 신의 발명품에 대한 일방적 폄하로 나타난다. 모모스는 흠이 있어서 흠을 잡는 게 아니라 흠을 잡기 위해서 흠을 찾아낸다. 그러다 보니 발명품에 대한 모모스의 평가는 일면적이고 자기모순을 일으킨다. 황소가 앞을 보면서 뿔로 받을 수 있어야 한다는 지적은 일견 그럴듯해 보이지만, 머리에 달린 뿔이 왕관처럼 황소에게 아름다움과 위엄을 부여한다는 것을 무시한다. 사람들의 나쁜 의도를 알기 위해 마음에 창문을 달아야 한다는 주장은 타인의 마음속을 들여다보고 싶은 욕망에는 부응하지만 사람들이 과연 자신의 마음이 타인에게 투명하게 드러나는 것을 원할까 하는 물음에는 답을 주지 못한다. 귀찮은 이웃을 피하기 위해 집에 바퀴를 달아야 한다는 주장은 어느 한 곳에 묶이지 않는 자유의 꿈을 표현하지만 굳건한 안식처를 제공해주는 집 본연의 기능과 양립할 수 없다. 더군다나 가슴에 창을 내야 한다는 주장과 귀찮은 이웃에게서 벗어날 자유를 누려야 한다는 주장은 상충한다. 하나는 인간에 대한 전면적인 사회적 통제를 주장하고, 다른 하나는 타인의 간섭에서 얼마든지 달아날 수 있는 유목적 자유를 옹호하기 때문이다. 세 신의 업적을 깎아내리는 데 몰두하는 모모스는 기준의 일관성 같은 것은 신경 쓰지 않는다.

시샘 때문에 무조건 흠잡기에 몰두하는 모모스에게 분노한 제우스는 그를 올림포스에서 쫓아낸다. 제우스는 모모스가 자신의 멋진 작품에 경탄하기를 원했지만, 모모스는 제우스의 우월함을 순순히 받아들일 수 없었기에 도리어 황소를 아둔한 공격수로 묘사하여 제우스의 체면을 구겨놓고, 심지어 제우스가 저지른 설계상의 결함을 바로잡을 대안을 제시함으로써 스스로 우월한 위치에 오르고자 한다. 신 중의 신인 제우스는 모모스가 자신을 라이벌로 생각했다는 사실 자체에도 기분이 꽤나 나빴을 것이다. 제우스가 모모스에게서 올림포스 거주권을 박탈함으로써 그의 신적 지위를 격하한 것이 이러한 추측을 뒷받침한다.

모모스가 시샘 때문에 좌충우돌 식으로 트집을 잡고 다른 신들의 발명품을 폄하했다고 해서 제우스가 추방이라는 극단적 대응을 했어야 하는가에 대해서는 이견이 있을 수 있다. 모모스의 비방은 전체적 맥락으로 보면 일면적이고 앞뒤가 맞지 않는 점이 있지만, 전혀 존재하지 않는 문제를 만들어낸 것은 아니었다. 시샘에서 나온 모모스의 마구잡이 비방이 괘씸할 수는 있지만 그것이 자극이 되어 더 탁월한 발명품이 창조되지 말란 법도 없다. 아주 먼 훗날 캠핑카가 발명되고, 목표물을 스스로 찾아가는 눈 달린 미사일이 개발되고, 사람들의 마음을 예측 가능하게 해주는 빅데이터 분석 기법이 발전해가는 것을 보면, 당시로서는 기이하게 들렸을 모모스의 제안에도 사람들이 원하는 것에 대한 대단한 통찰이 숨어 있음을 알 수 있다. 그러한 시샘은 경쟁을 활성화하고 발전을 촉진할 수 있다.

부러움이나 시샘과 비슷하지만 구별해야 할 감정이 있다. 하나는 '자랑스러움'이다. 자랑스러움은 자신의 성취에 대한 감정이다. 그러나 우리는 타인의 성취에 대해서도 자랑스러움을 느낄 때가 있다. 그것은 내가 그 타인을 거의 나 자신과 동일시하기 때문이다. 부모는 자식의 성취를 부러워하기보다는 자랑스러워한다. 스타의 세계적 성공을 보며 팬들은 자랑스러움을 느낀다. 여기서 부러움의 감정에 본질적인 부분, 내가 이루지 못한 것을 이룬 타인을 볼 때 느끼게 되는 결핍에 대한 의식은 사라진다. 결핍을 느낄 수 있는 고유한 자아가 거대한 타인의 그늘 속에 흡수되어 거의 윤곽을 잃어버리기 때문이다. 부러움이 나와 멀리 떨어져 있는 타인을 향한 동경이라면, 그 거리를 지우고 자아의 범위를 확대함으로써 부러움은 자랑스러움으로 변화한다. 우리는 그 감정 속에서 타인의 성취에 편승하고 안주한다.

집단적 차원으로 확대된 자랑스러움의 감정의 반대편에는 그렇게 확대된 자아 바깥에 있는 타자에 대한 혐오가 있다. 우리가 아닌 자, 우리에 속하지 않은 자에 대한 감정은 경계와 의심에서 시작되어 타자를 무조건 무가치하고 경멸할 만한 대상으로 비하하고 그러한 편견을 확대 재생산하는 혐오주의로 쉽게 발전한다. 집단적 혐오주의에 빠진 사람들은 타자를 자신의 확고한 편견 속에 가두고 타자를 현실 그대로 인식하고 받아들이지 못하게 된다. 시샘꾼은 라이벌의 우월성을 인식하기에 그를 미워하는 것이지만, 혐오주의는 타자에 대한 인정을 알지 못한다. 시샘하는 모모스는 비록 트집을 잡기 위해서일망정 다른 신들이 만든 황소와 인간과 집을 자세히 관찰한다. 반면 혐오하는 자는 타자에 대한 무지와 맹목에서 벗어나지 못하고 터무니없는 자만에 빠진다.

집단화된 자랑스러움의 감정은 자신을 지워버리고, 혐오주의는 타자를 보지 못하게 한다. 이런 감정적 상태에 빠지면 타자와의 교류 속에서 자아를 발전시키는 것은 불가능해진다. 우리는 누군가를 부러워할 때 꿈을 가질 수 있고, 누군가를 시샘할 때 이를 악물고 분발할 수 있다. 배타적인 민족주의 같은 정치 이데올로기가 자랑스러움과 혐오주의의 수사학에 의존하는 것은 우연이 아니다. 그것은 개개인의 자아를 약화시키고 정신을 퇴보시켜 조작하기 쉽게 만드는 손쉬운 전략인 것이다.

보론: 마음은 왜 보이지 않는가?

모모스는 인간의 가슴에 창(窓)이 나 있어서 그 창을 통해 마음을 들여다볼 수 있어야 한다고 주장한다. 그래야 타인의 나쁜 의도에 해를 입지 않을 수 있기 때문이다. 그런데 모모스의 논거는 시각을 바꾸어서 생각해보면 오히려 마음이 투명하게 드러나지 않아야 할 이유라고 할 수도 있다. 타인과의 경쟁 관계에서 나 자신의 이익을 위해 나의 의도를 실현시키고자 한다면, 그 의도가 타인에게 노출되지 않는 것이 매우 중요한 의미를 지니기 때문이다. 따라서 마치 경쟁 관계에 있는 산업체들이 비밀을 관리하고 보안을 유지하기 위한 제도와 기술을 발전시키는 것처럼, 적대적 환경 속에서 생존해야 했던 동물들도 의도를 눈치 채지 못하게 하는 비밀의 기술을 고도화한 것이 아닐까? 그것이 우리가 타인의 마음을 외부에서 쉽게 알아차릴 수 없게 된 이유가 아닐까?

'보이지 않는 마음'이 당연한 것이 아님은 감정을 생각해보면 쉽게 알 수 있다. 감정도 마음의 일부이지만, 어떤 목적과 의도를 실현하려 할 때 작동하는 마음, 즉 계산하고 숙고하는 이성에 비하면 감정은 꽤나 잘 보이는 편이다. 감정은 신체적 반응으로 표출되려는 경향을 보인다. 그래서 플라톤도 『국가』에서 모방에 관해 이야기하면서 이성적인 인간보다 감정적인 인간이 더 모방하기 쉽다고 말한 것이다. 게다가 감정의 신체적 표출은 이성적이고 의도적인 조종에 따르지 않고 거의 자동적으로 일어난다. 물론 뜻하지 않게 감정을 드러내는 바람에 낭패를 겪는 일도 없지 않지만, 인간의 감정이 잘 숨겨지지 않는다는 사실에서 감정의 자발적 표현이 어떤 진화적 이점과 결부되어 있는 것이 아닐까 생각해볼 수 있다. 감정의 섬세한 표현은 매우 인간적인 현상이고—이에 반해 의도를 감춘 계획적이고 목적의식적이며 계산적인 활동은 사냥에 나선 모든 맹수에게서 어렵지 않게 발견할 수 있다— 사회적 커뮤니케이션의 중요한 요소이다. 그 자발적 성격으로 인해 감정 표현은 진정성의 보증인이며 마음과 마음을 이어주는 중개인이 된다. 따라서 보이는 감정의 개방성은 보이지 않는 이성의 폐쇄성에 대한 균형자 역할을 한다고 말할 수도 있을 것이다.

그렇다면 이 보론의 제목도 수정될 필요가 있다. '왜 마음은 부분적으로만 보이는가?'로.

지배에 관한 우화

「말과 당나귀」

한 사람이 당나귀와 말에 각각 짐을 지우고 길을 가는데, 당나귀가 힘겨워하며 말에게 짐을 조금만 덜어달라고 부탁한다. 그러나 말은 매정하게 거절하고 당나귀는 숨을 거둔다. 그러자 주인은 말에게 모든 짐을 지우고 죽은 당나귀 가죽까지 그 위에 얹는다. 말은 당나귀를 돕지 않은 것을 뒤늦게 후회하고 탄식한다. "이게 무슨 고생이냐! 작은 짐을 더 지지 않으려다가 결국 당나귀 짐 전부와 당나귀 가죽까지 짊어지게 되다니."

이 우화의 교훈은 남을 도울 수 있는 여력이 있을 때 베풀어야 한다는 것이다. 말은 당나귀의 짐을 나누어 졌어야 한다. 남을 돕는 것은 결국은 나에게도 이로움이 된다. 이웃의 곤경을 방치하다가는 결국 나에게도 화가 미칠 수 있다. 특히 이솝우화에서 일반적으로 인물이 마지막에 내뱉는 한탄의 말에 핵심적 교훈이 담겨 있음을 생각한다면, 이 해석이 우화 작가가 말하고자 하는 바에 부합하는 것임은 명백하다. 고대의 주석가들도 그렇게 보았다. "강자가 약자를 도와주면 둘 다 목숨을 보존하게 된다는 것"이 그들이 우화에서 읽어낸 교훈이다.

그런데 우화의 작가와 주석가들이 한목소리로 주장하는 이러한 교훈은 일면적이다. 불행한 사태에 대한 책임이 전적으로 말에게 있는 듯이 보이는 이유는 이야기의 초점이 당나귀와 말의 관계에 맞추어져 있기 때문이다. 그 결과, 이야기에서 중요한 역할을 하는 또 하나의 등장인물이 간과되고 만다. 그 제3의 인물은 말과 당나귀의 주인이다. 주인은 이 모든 일이 일어나게 한 장본인이지만, 우화 작가는 그를 말과 당나귀가 벌이는 드라마의 배경 요소에 지나지 않는 것처럼 취급한다. 그리하여 주인의 행동이 마치 그 누구도 문제 삼거나 의문을 제기할 수 없는 영역의 일인 것처럼 보이게 된다. 말은 왜 마지막에 자기 잘못을 탓하기만 하고, 무리하게 일을 시키는 주인을 원망하는 말은 하지 않는 것일까?

물론 말이 당나귀의 곤경을 보고 자발적으로 도움을 주었다면 좋았겠지만, 무거운 짐을 더 떠맡고 싶지 않은 말의 심정도 이해할 수 없는 바는 아니다. 상황에 따라 짐을 적절히 나누는 것은 말과 당나귀 둘 사이의 문제로 남겨둘 성격의 문제가 아니다. 이에 대한 일차적인 권한과 책임은 주인에게 있다. 주인이 제 역할을 했다면, 당나귀의 목숨이 오직 말의 선의에 좌우되는 상황에 이르지 않을 수 있었다. 주인은 처음부터 말과 당나귀의 능력을 잘 평가하여 짐을 배분했어야 하고, 도중에 당나귀와 말의 상태를 잘 살펴서 짐의 양을 조정해주었어야 한다. 특히나 이들이 주인에게 자신의 어려움을 적극적으로 호소할 수 있는 입장이 아니기 때문에 주인은 더더욱 세심하게 그들에게 주의를 기울일 의무가 있었던 것이다. (동물 우화는 일반적으로 동물을 의인화하는 장르로 이해되지만 의인화도 다 같은 의인화가 아니다. 여우처럼 나무꾼과 자유롭게 대화하는 동물이 있는가 하면, 이 우화의 말과 당나귀처럼 자기네끼리는 인간처럼 말을 하면서도 인간 앞에서는 말 못 하는 짐승으로 머무르는 경우도 있다.)

그러나 주인은 자기 잘못으로 당나귀를 죽게 한 뒤에도 아무런 깨달음이 없다. 그는 그저 말에게 모든 짐을 떠맡기는 것으로 문제가 해결된다고 생각하는 듯하다. 주인은 당나귀를 죽음에 이를 정도로 과중하게 부려먹고 자신의 오판으로 인해 초래된 모든 부담을 말에게 전가한다. 말도 많은 짐을 감당 못 하고 병이 들어 일을 못 한다면 어떻게 될까? 주인은 자기 잘못을 책임질 줄 모른다는 점에서 도덕적으로 비난받아 마땅하지만, 그러한 극도의 무책임과 무신경이 결국은 자기 자신에게 피해로 돌아온다는 점을 생각해보면 딱할 정도로 어리석은 사람이라고도 할 수 있다. 주인과 주인을 위해 뼈 빠지게 일하는 가축의 관계를 착취 관계라고 본다면, 우화의 주인은 현명한 관리 능력이 없어서 가축에게서 충분한 이익을 착취해내지 못하는 서투른 착취자라고 할 수 있다. 짐승에게 최대의 고통을 주면서도 그 고통이 자기에게 이득으로 돌아오게 하지도 못하는 것이다. 그는 당나귀를 잃었고, 그의 말도 허약해질 것이다.

「말과 당나귀」의 주인과 좋은 대조를 이루는 주인이 있다. 「똑같이 짐을 진 당나귀와 노새」라는 이솝우화에 등장하는 주인이다. 당나귀와 노새는 같은 양의 짐을 지고 길을 간다. 당나귀는 노새를 보고 불평한다. 똑같이 짐을 지는데, 노새만 먹을 것을 두 배나 받는다고 말이다. 그런데 당나귀는 얼마 가지 않아 지치고 힘겨워한다. 주인은 당나귀 등에서 짐의 반을 덜어 노새에게 옮겨 싣는다. 당나귀는 그렇게 하고도 조금 더 길을 가자 다시 허덕이기 시작한다. 이제 주인은 당나귀 짐을 전부 노새에게 옮긴다. 노새가 당나귀에게 말한다. "이제 왜 내가 두

배 먹는지 알겠지?"

「똑같이 짐을 진 당나귀와 노새」에서도 초점은 당나귀와 노새 사이의 관계, 즉 일하는 가축 사이의 관계에 맞추어져 있다. 여기서 특히 부각되는 것은 자기 주제를 모르고 불평하는 당나귀의 어리석음이다. 그러나 이 우화의 주인을 「말과 당나귀」의 주인과 비교해보면 우화 작가가 전하고자 한 교훈과 다른 이야기를 끌어낼 수 있다. 당나귀와 노새의 주인은 짐승을 부릴 줄 아는 사람이다. 그는 짐승의 능력을 잘 파악하고 있고, 이에 따라 짐을 정교하게 배분한다. 게다가 먹이도 일한 정도에 맞게 나누어줌으로써 짐승 사이에 불만이 생기지 않게 한다. 주인의 현명함은 짐승들이 망가지는 사태를 방지하고, 이는 결국 주인 자신에게도 이익이 된다. 그는 물론 짐승을 생존에 필요한 먹이만을 주고 고되게 부려먹는다는 점에서 착취자다. 그러나 그는 영리한 착취자다. 짐승들도 그의 관리 아래에서는 힘겹지만 죽지 않고 살아갈 수는 있다.

위의 두 우화는 지배에 대한 이야기로 읽을 수 있다. 그것은 마르크스주의적 의미의 지배, 즉 착취로서의 지배다. 마르크스주의의 지배 모델에서 지배자와 피지배자 사이에는 비대칭적인 교환 관계가 성립한다. 지배자는 피지배자에게서 이익을 취하는데 이익을 계속 보려면 피지배자의 생존을 보장해주어야 한다. 피지배자가 지배자에게 헌납하는 것과 지배자가 피지배자의 생존을 위해 제공하는 것 사이에 교환 관계가 성립하는 셈이지만, 이 교환은 오직 지배자가 이익을 얻을 수 있는 한에서만 이루어지는 것이기에 결코 등가교환이 될 수 없다. 게다가 쌍방의 자유로운 의지를 전제로 한 것도 아니기 때문에 대등한 계약 당사자 사이의 교환과도 거리가 멀다. 인간과 가축의 관계가 바로 그러하다. 인간이 사료를 주며 가축을 먹여 살리는 것은 가축이 그 비용 이상의 이익을 주기 때문이고, 짐승들이 일을 하는 것은 인간에게 붙들려 묶여 있기 때문이다.

그러나 이러한 일방적인 지배 관계에서도 어느 정도 합리적인 지배와 포악한 지배가 구별된다. 더 나아가서 극히 어리석게도 쌍방에 모두 해를 입히는 지배도 있다. 단기적으로 최대의 이익을 뽑아내려고 하다가 피지배자를 죽음으로 몰아가는 당나귀 주인이 바로 그런 어리석은 지배자다.

이솝우화에는 왕을 갈구하는 짐승들의 이야기가 많이 있는데, 그들이 소망하는 왕은 당나귀 주인처럼 착취하는 지배자가 아니다. 왕의 지배 이념은 피지배자를 잘 보살피고 더 나은 삶을 향해 인도하는 데 있다. 왕은 백성이 안정되고 화평하게 지낼 수 있도록 법질서를 확립하고 그들을 외부의 적에게서 보호하며 풍요로운 삶의 가능성을 제공하는 사람이다. 왕은 무엇을 대가로 그런 일을 하는가? 왕은 백성에게서 아무런 대가도 받아낼 생각이 없이 그렇게 한다. 왕은 무상으로 베푸는 자이며, 백성이 잘 사는 것 자체가 왕에게는 보상이 된다.

수메르인들은 왕의 역할을 좋은 목자에 비유했고 왕이 없는 사람들은 목자가 없는 양 떼와 같다고 했다.[6] 목자는 양들에게서 아무것도 가져가지 않으며 오직 양들을 늑대에게서 지켜주고 그들을 잘 이끌어 배불리 먹을 수 있는 목초지에 이르게 해줄 뿐이다. 물론 진실을 말하면 양도 가축으로서 인간의 착취의 굴레에 있고, 양들의 주인에게 고용된 목자도 간접적으로 그 착취의 성과로 먹고사는 것이긴 하다. 다만 목자는 양들을 돌보는 데 특화된 임무를 맡은 사람이기에 당나귀를 부려먹는 주인과 달리 왕의 비유적 형상이 된 것이다.

「사자의 왕권」이라는 우화에서 왕위에 오른 사자가 바로 그런 왕이다. 사자는 성내지 않고 잔인하지도 않고 난폭하지도 않고 온순하고 정의롭다. 사자가 통치하는 동안 동물들이 모두 평화롭게 화해하기 위한 회의가 열리는데, 이 회의에서 토끼가 발언대에 올라 이렇게 말한다. "나처럼 허약한 동물이 난폭한 동물에게 두렵게 보이는 이날을 얼마나 고대했던가." 가장 강한 동물인 사자가 모두의 평화로운 삶을 위해 자기 자신의 폭력을 억제한다. 사자는 아무것도 빼앗아가지 않는 모범을 보임으로써 폭력적인 뺏고 빼앗김의 고리를 끊는다. 진정한 왕의 지배는 모두가 싸움을 그치고 화해하며 서로 존중받는 삶을 가능하게 한다.

그러나 자신의 힘을 억제하며 왕권을 오직 피지배자를 위해 쓰는 왕, 무상으로 베푸는 왕이라는 이념은 유토피아적이다. 힘을 쓰지 않는 온순한 사자는 무엇으로 먹고산단 말인가? 이솝우화에서 이상적인 왕의 이야기는 예외적이고, 반대로 왕의 이념을 배반하는 왕, 백성을 등쳐먹기 위해 왕이 된 자들의 이야기가 훨씬 더 많다. 이런 왕들은 백성의 소망이 만들어낸 권력을 도리어 백성을 갈취하는 데 써먹는다. 그들은 자애로운 사자나 목자보다는 당나귀를 혹사시키는 주인에 더 가깝지만, 왕의 허울을 쓰고 그렇게 한다는 면에서 대놓고 착취하는 가축 주인보다 더 사악하다. 예를 들면 「늑대와 당나귀」라는 우화의 늑대가 그러하다. 한 늑대가 늑대 무리의 대장이 되어 모두에게 법을 정해주는데, 그 법에 따르면 각자가 사냥한 것은 무엇이든 내놓고 똑같이 나누어야 한다. 그래야만 먹을거리가 떨어지더라도 서로 잡아먹는 일이 없을 것이기 때문이다. 새로운 법질서 아래서는 강한 늑대라고 해서 혼자 살아남고 약한 늑대는 그냥 굶어 죽는 일도 없을 것이다. 그런데 지나가던 당나귀가 이를 보고 한마디 한다. "늑대가 그런 고매한 생각을 하다니 대단한걸.

하지만 네가 어제 집에다 쟁여둔 사냥감은 어쩌고? 그것도 내놓고 함께 나눠야지." 늑대는 당황하며 법을 슬그머니 취소한다.

늑대의 법은 자기를 예외로 하는 법이었다. 늑대는 사냥의 전리품을 뒤로 챙기면서 다른 늑대들에게는 사냥한 것을 다 내놓으라고 한 것이다. 왕권으로 법을 정하여 모두가 함께 잘 사는 길을 모색하는 척했지만, 사실은 자신의 권력으로 다른 늑대들이 잡은 것 일부를 갈취하려 한 셈이다. 그런 지도자보다는 현명하게 착취하는 노새 주인이 차라리 더 나아 보인다.

왕권을 백성에 대한 봉사에 온전히 사용하고자 하는 왕, 교환하는 계산적 이성을 따르기보다 무상의 헌신이라는 왕의 이념에 충실한 왕, 여기에 더하여 백성을 어디로 데리고 갈 것인지 잘 판단하는 현명한 목자와 같은 왕을 찾기는 정말 쉽지 않다. 그런 왕의 출현을 목마르게 기다리던 백성도 실망이 거듭되면 자신들의 기대가 얼마나 실현되기 어려운 것인지를 깨닫게 된다. 이런 배반의 경험은 자칫 냉소와 체념으로 흐르기 쉽지만, 여러 차례 왕에 대한 환멸을 겪은 백성은 이전보다는 좀 더 냉정하고 현실적인 자세로 최선의 왕을 찾아낼 수 있을지도 모른다.

지독한 사랑
「사랑에 빠진 사자와 농부」

사자가 농부의 딸을 보고 사랑에 빠져 청혼하였다. 농부는 야수에게 딸을 내줄 수도 없고 야수를 거절할 수도 없는 진퇴양난의 곤경에서 한 가지 꾀를 내었다. 그는 사자에게 당신은 사윗감으로 적격이지만 딸이 날카로운 이빨과 발톱을 무서워해서 이빨과 발톱을 제거하기 전까지는 청혼을 받아들일 수 없다고 둘러댄 것이다. 사자는 그 말을 듣고 이빨과 발톱을 뽑고 농부를 다시 찾아왔고, 농부는 사자를 여유 있게 몽둥이로 때려 쫓아버렸다.

이솝우화에서 열정적인 사랑의 이야기를 떠올리는 사람은

많지 않을 것이다. 이솝우화는 기본적으로 삶의 지혜를 담은 이야기이고, 충동적인 정열보다는 이성에 입각한 사리 분별을 더 중시한다. 기분 나는 대로 즐기며 노래하는 베짱이보다 장래를 바라보고 땀을 흘리는 개미를 더 높이 평가하는 것이 이솝우화다. 그렇다고 해서 이솝우화에 사랑에 관한 이야기가 전혀 없는 것은 아니다. 「큐피드와 죽음」이라는 이야기에서 사랑의 신인 큐피드는 더운 여름날 지친 몸을 이끌고 서늘한 동굴에 찾아들었다가 그만 화살 통을 바닥에 쏟는다. 그런데 그 동굴은 죽음의 거처였고, 큐피드가 쏟아진 화살을 주워 담았을 때 그의 화살 통에는 죽음의 화살들이 섞여 들었다. 반대로 동굴에는 죽음의 화살 사이에 큐피드가 흘린 사랑의 화살이 남겨졌다. 그래서 간혹 사랑에 빠져야 할 생기 넘치는 젊은이들이 갑작스러운 죽음을 맞고, 죽을 때가 다 된 노인들이 사랑에 빠지는 일이 벌어지게 되었다.

사랑에 빠지는 것이 큐피드의 화살에 맞았기 때문이라는 신화적 상상은 사랑이라는 감정 앞에 전적으로 수동적인 입장에 있는 인간의 딱한 사정을 반영한다. 인간은 물론 사랑하는 대상을 얻기 위해 의지를 가지고 주체적인 노력을 할 수는 있다. 그러나 사랑의 감정 자체는 통제할 수 있는 것이 아니다. 사랑은 급습하고 사로잡고 꼼짝달싹하지 못하게 한다. 사랑이 언

지독한 사랑: 「사랑에 빠진 사자와 농부」

제 어디에서 올지 예상할 수도 없고 피할 수도 없다. 원한다고 큐피드의 화살을 자청해서 맞을 수도 없고, 사랑에 감염되지 않게 해주는 백신도 없다. 누가 사랑의 노예가 될지는 큐피드의 기분에 달려 있다. 라신의 비극 「페드르」에서 왕비 페드르는 의붓아들 이폴리트를 사랑하는 자기 자신을 저주하고, 자신을 사랑의 포로로 만든 사랑의 여신 비너스에게 원망의 말을 퍼붓는다. 그런 이성적인 정신이 있음에도 페드르는 결국 이폴리트에게 가망 없는 사랑을 고백하여 파국을 자초한다.

우화 「큐피드와 죽음」은 인간이 사랑 앞에서 겪는 혼란이 큐피드의 장난 때문만은 아니라고 설명한다. 큐피드가 사랑의 화살을 흘리고 대신 죽음의 화살이 큐피드의 화살 통에 들어오는 바람에 사랑은 큐피드조차 제대로 관리할 수 없는 일이 되었다. 꽃다운 나이에 사랑의 화살이 아니라 죽음의 화살을 맞고 쓰러지고, 고목에 꽃이 피듯이 죽음에 가까이 간 노인이 사랑에 빠지는 것은 큐피드가 뜻밖에 죽음의 화살을 쏘고 죽음이 뜻밖에 사랑의 화살을 쏘기 때문이라는 것이다. 사랑과 죽음을 관장하는 신들 스스로 혼란에 빠져버렸으니, 사랑도 죽음도 더욱 예측할 수 없게 되었다. 신들이 빠진 혼란의 후과를 감당하는 것은 인간의 몫이다.

이성적으로 설명될 수도 없고 법칙에 따른 계산이나 예측도 허용하지 않는 사랑의 특징은 사회질서의 근간을 이루는 모든 경계에 대해 파괴적인 경향으로 나타난다. 모자 관계에서 모든 남자의 첫사랑이 시작되고 근친상간의 금지가 모든 사회질서의 기초라는 프로이트의 이론은 바로 사랑과 사회적, 도덕적 규범 사이의 근본적 갈등에 대한 인식을 표현한다.

그런데 이솝우화에는 자연적 경계마저 무색하게 만드는 사랑의 마력에 대한 이야기들이 발견된다. 그중 하나는 잘생긴 젊은 청년을 사랑하게 된 족제비 이야기(「족제비와 아프로디테」)다. 사랑에 빠진 족제비는 아프로디테에게 여자가 되게 해달라고 빌었고 여신은 그 족제비의 슬픈 사랑을 가엾게 여겨 아름다운 여인으로 변신시킨다. 청년도 그녀를 사랑하여 아내로 맞이함으로써 행복한 결말에 이르는 듯하지만, 문제는 그 이후에 발생한다. 아프로디테는 겉모습과 함께 진짜 본성도 바뀌었는지 궁금하여 침실에 쥐를 한 마리 보낸다. 족제비는 쥐를 보자 그만 모든 걸 잊어버리고 먹잇감을 향해 달려들고, 이에 화가 난 아프로디테는 여자를 다시 족제비로 되돌려 버린다.

이 이야기는 웅녀가 된 곰의 이야기를 연상시키기도 한다. 다만 웅녀가 사람이 되겠다는 소원을 이룬 뒤에 그 결과로 환웅의 아내가 되는 데 반해, 이솝우화의 족제비는 사랑하기에 여자가 되고자 했다는 점에서 차이가 있다. 그런 면에서 이 변신담

지독한 사랑: 「사랑에 빠진 사자와 농부」

은 왕자를 사랑하여 사람이 되었으나 결국 좌절하고 물거품으로 사라지고 마는 인어공주 이야기와도 비교할 수 있지만, 족제비의 사랑은 그 결말이 인어공주의 사랑처럼 비극적이지는 않다. 쥐를 잡는 것을 참지 못해서 사랑을 성취하는 데 실패하고 도로 족제비가 된다는 대목에서는 쑥과 마늘만 먹다가 고기 맛을 잊지 못해 사람이 되지 못한 호랑이의 모습도 어른거린다.

종간 장벽을 뛰어넘은 사랑에 관한 또 한 편의 이솝우화가 바로 농부의 딸을 사랑한 사자의 이야기다. 농부는 무서운 사자를 쫓아버리기 위해 사자가 도저히 받아들일 수 없는 요구 조건을 제시한다. 이빨과 발톱을 뽑는다는 것은 사자로서는 자살 행위나 다름없기 때문이다. 그러나 왕자의 사랑을 얻기 위해 말을할 수 없게 되는 것을 감수한 인어공주처럼, 사자는 기꺼이 이빨과 발톱을 뽑고 다시 청혼하러 농부의 집을 찾아온다. 사랑을 얻기 위해 사자가 치른 희생은 인어공주의 경우보다 더 막대하다. 인어공주는 말을 못 하게 되는 대가로 인간의 신체를 얻었으나, 사자는 오직 사랑에 대한 기대만으로 스스로를 생존 능력이 없는 불구자로 만들었기 때문이다. 사자가 몽둥이로 두드려 맞고 쫓겨날 때, 우리는 헛된 욕망에 사로잡혀 진짜 중요한 것을 내버리고 신세를 망친 자의 어리석음을 비웃을 수도 있겠다. 앞에서 말한 것처럼 이솝우화라는 장르 전체가 이성적 현명함을 강조하고 무모하고 어리석은 욕망을 경고하는 경향이 지배적인 까닭에, 사랑에 빠져서 신세를 망치는 사자의 우화에 대해서도 그러한 독법이 타당하다고 할 수 있을 것이다.

그러나 사랑을 위해 이빨과 발톱을 뽑아버리는 사자의 모습을 상상하면 그저 사자와 거리를 두고 웃고 있을 수만은 없게 된다. 그것은 지독한 사랑이다. 사랑을 위해 자신에게 가장 중요한 것, 자신의 본질마저 파괴해버리는(맹수에게 이빨과 발톱을 빼면 무엇이 남는가?), 그야말로 미친 사랑(amour fou)이다. 게다가 그런 사랑에 빠진 것이 큐피드의 농간이나 실수라면 어떻게 사자의 불행을 그 자신의 탓으로 돌릴 수 있겠는가? 그런 점에서 이 이야기는 첫 인상과는 달리 전혀 희극적이지 않다. 희극이란 기본적으로 그 자신에게 책임이 있는 잘못으로 골탕을 먹는 인물에 관한 이야기이기 때문이다.

농부의 딸을 사랑한 사자의 우화는 오히려 사랑에 빠져 강한 힘을 잃어버리고 몰락하는 비극적 영웅의 이야기와도 비교할 수 있을 것이다. 예를 들면 구약성서에서 데릴라를 사랑한 삼손이 그러한 인물이다. 삼손은 블레셋 인들에게 매수된 데릴라의 집요한 질문을 못 이기고 그만 자신의 초인적 힘이 긴 머리카락에서 나온다는 것을 알려준다. 데릴라는 중대한 비밀을 알아낸 뒤 삼손이 잠든 사이에 블레셋 인들을 불러들인다. 삼손은 자신의 적에게 머리카락과 눈을 잃어버리고 포로가 된다.

　데릴라에게 매혹되지 않았다면 삼손이 힘을 잃을 일도 없었겠지만, 그의 불행의 더 직접적인 원인은 그 자신의 부주의라고 할 수 있다. 데릴라의 거듭된 질문에 질려서 생각 없이 비밀을 털어놓았기 때문에 그는 적들의 손에 넘겨진 것이다. 스스로에게 잘못이 있는 삼손과 비교하면 사자의 우화가 사랑 이야기로서는 더 비장하게 느껴질 수도 있다. 사자는 사랑에 취한 끝에 부주의로 이빨과 발톱을 잃어버린 것이 아니라, 사랑하는 농부의 딸을 안심시키기 위해 스스로의 의지로 자신의 가장 강력한 무기를 제거한 것이기 때문이다. 몽둥이에 맞고 쫓겨난 사자는 어떻게 되었을까? 사자는 필시 굶어죽었을 것이다.

　다시 「큐피드와 죽음」을 생각해보자. 큐피드가 죽음의 동굴에 이끌려 들어가고 그 결과로 사랑의 화살과 죽음의 화살을 분간할 수 없게 되었다는 우화는 사랑과 죽음이 위험스럽게 가까이 있다는 암시이기도 하다. 사랑이 세상의 경계와 극적으로 충돌하는 순간, 사랑은 늘 죽음에 가깝게 다가간다. 사자는 농부의 반대로 사랑이 가로막히자 자기 파괴로 대응한다. 인간의 성애에 관한 프로이트 이론의 기초를 이루는 오이디푸스 콤플렉스 모델에서도 사랑과 죽음은 긴밀하게 연결되어 있다. 오이디푸스 콤플렉스는 어머니에 대한 사랑과 아버지에 대한 살의,

근친상간과 부친 살해의 모티브로 구성되어 있는 것이다. 프로이트는 훗날 이를 인간의 근본적인 두 충동, 에로스(성충동)와 타나토스(죽음충동)에 대한 이론으로 발전시킨다.

세상의 경계를 알지 못하는 사랑이라는 테마는 사랑하는 연인의 죽음으로 끝나는 많은 비극적 로맨스를 낳았다. 그중 가장 대표적인 것을 꼽으라고 하면 많은 사람이 셰익스피어의 『로미오와 줄리엣』을 떠올리겠지만, 이 비극은 고대의 신화적 원형을 가공한 것이다. 오비디우스의 변신담에 나오는 「피라모스와 티스베」가 그것이다. 담장 하나를 두고 원수같이 척을 지고 사는 두 집안의 아들과 딸인 피라모스와 티스베는 누구도 떼어놓을 수 없는 연인 사이가 되고, 당연히 부모의 반대에 부딪힌 두 사람은 밤에 만나 함께 도주하기로 한다. 약속 장소에 먼저 나타난 티스베는 방금 먹이를 잡아먹고 주둥이에 피 칠을 한 암사자를 보고 무서워서 달아나고, 약속 장소에서 암사자가 찢어버린 티스베의 베일을 발견한 피라모스는 그녀가 죽었다고 믿는 바람에 스스로 칼로 자결한다. 죽어가는 피라모스 옆에서 티스베 역시 그 칼로 최후를 맞이한다.

이 이야기에서 사자는 이솝우화의 사자와는 다른 방식으로 사랑과 죽음을 결합한다. 이솝우화의 사자가 스스로 사랑을 위해 경계를 넘다가 죽음의 길로 빠져든다면, 이 변신담에서 사자는 경계를 넘는 연인들을 죽음으로 몰고 가는 역할을 맡고 있는 것이다. 더 나아가 사자의 주둥이에 묻은 강렬한 진홍의 피는 잔혹한 살해와 사랑의 열정을 동시에 상징적으로 표현한다. 그런데 피의 이중적 상징성은 이 변신 이야기의 핵심적 내용이기도 하다. 피라모스가 죽어가며 흘린 피가 하얀 뽕나무 열매를 짙게 물들였고 신들은 두 남녀의 금지된 사랑에 대한 추억으로 그 흔적을 남겼기에 오디가 오늘날에도 검붉은 빛을 띠게 되었다는 것이다.

인간과 옷

「도둑과 여관 주인」

어떤 도둑이 여관에 묵었다. 그는 뭐 훔쳐갈 게 없나 살폈지만 눈에 띄는 것이 없었다. 다만 여관 주인이 입고 있는 화려한 키톤이 마음에 들었다. 도둑은 여관 주인에게 접근하여 대화를 나누다가 갑자기 입을 벌리고 늑대처럼 울부짖었다. 놀란 주인이 무슨 일이냐고 묻자 도둑은 자기가 무슨 죄를 지었는지 발작적으로 늑대처럼 울곤 한다고 말했다. 그러고는 이렇게 세 번을 울면 진짜 늑대로 변해서 사람들을 잔인하게 잡아먹게 된다면서 자기가 늑대로 변하거든 옷을 잘 간수해달라고 부탁했다. 이어서 두 번째로 입을 벌리고 울부짖었다. 그 말을 거의 믿어버린 여관 주인은 급히 자리를 뜨려 했다. 도둑은 키톤 자락을 잡으며 애원했다. "제발, 제가 늑대로 변한 사이에 옷을 좀 간수해 주세요." 그러고서 세 번째로 입을 벌렸다. 여관 주인은 공포에 질린 나머지 도둑의 손에 잡힌 키톤을 벗어버리고 미친 듯이 달아났다. 도둑은 키톤을 손에 들고 유유히 사라졌다.

이 이솝우화에 담긴 도둑의 교묘한 술책은 모리스 르블랑(Maurice Leblanc)의 괴도 뤼팽은 저리 가라 할 정도로 감탄스럽다. 여기서 특히 흥미로운 문제는 인간이 늑대로 변한다는 비현실적인 이야기가 어떻게 여관 주인에게 충분히 있을 수 있는 일인 것처럼 여겨졌는가, 도둑은 어떻게 황낭무계한 거짓말을 믿을 만한 것으로 만들었는가이다.

거짓말을 믿게 하는 데는 두 가지 차원에서 작업이 필요하다. 첫째는 우선 내용의 차원에서 거짓말을 최대한 신빙성 있게 만들어야 한다. 즉 실제로 일어났음직한 그럴듯한 줄거리를 꾸며내는 것이 중요하다. 둘째는 거짓말하기라는 행위의 차원에서도 믿음을 주기 위한 전략이 필요하다. 거짓말하는 사람의 태도, 맥락, 행동거지에 진실성의 분위기가 깃들어 있을 때 사람들은 더 쉽게 속아 넘어가기 마련이다.

사람이 늑대로 변신한다는 이야기가 첫 번째 조건을 충족시킬 수 없음은 자명하다. 그래서 도둑은 여관 주인을 속여 넘기기 위해 두 번째 차원의 작업에 집중한다. 이때 도둑의 작전에서 가장 중요한 포인트는 거짓말의 동기를 짐작하지 못하게 하는 것이다. 내가 상대방에게 거짓말을 믿게 함으로써 그 효과로 어떤 이득을 취할 수 있는지 뻔히 드러나 있는 상황이라면, 상대방은 기본적으로 내게 거짓말의 동기가 있다고 가정하고 나의 말을 비판적으로 검증하려는 태도를 취할 것이다. 예를 들면 기업에서는 사람을 채용할 때 지원자가 경력을 과장하지 못하도록 증빙 서류를 요구한다. 채용되기 위해 경력을 부풀리려 할 가능성이 충분히 있다고 보기 때문이다. 도둑의 거짓말은 어떤가? 물론 도둑은 여관 주인의 옷을 빼앗는다는 분명한 동기를 가지고 거짓말을 한다. 그러나 여관 주인은 도둑의 동기를 전혀 간파하지 못한다. 그는 그 황당무계한 늑대인간 이야기를 곧바로 의심하지 못하는데, 그것은 상대방이 자신에게 그런 거짓말을 해서 어떤 이득을 얻을 수 있을지가 전혀 짐작되지 않기 때문이다.

늑대인간 이야기를 지어낼 만한 동기로서 짐작할 만한 것이 있다면, 상대방을 공포에 빠뜨리려는 의도 정도일 것이다. 그런데 도둑은 그러한 동기조차 알아차리지 못하게 아주 천연덕스럽게 연기한다. 도둑은 늑대인간 이야기로 여관 주인을 공포로 몰아넣지만, 정작 그 자신은 상대에게 겁을 주는 데 전혀

인간과 옷: 「도둑과 여관 주인」

관심이 없는 척한다. 도둑은 늑대로 변했을 때 옷을 잃어버릴 수 있다는 문제만을 걱정하면서, 심지어 여관 주인에게 그 걱정거리를 해결해달라고 요청하기까지 한다. 여관 주인이 무서워할 수 있다는 건 상상조차 하지 못하는 듯이 자기 문제에 몰입해 있는 도둑의 태도는 늑대인간 이야기가 사람을 놀래키기 위해 꾸며낸 것이 아닐까 하는 의구심을 차단하고 그런 만큼 여관 주인을 더 큰 공포로 몰아넣는다.

옷 문제로 걱정하는 연기의 효과는 여기서 그치지 않는다. 그 연기를 통해 도둑은 거짓말의 진짜 동기인 키톤 훔치기에서 상대의 주의를 완전히 돌리는 데 성공한다. 도둑은 키톤에 눈독을 들이고 그 옷자락을 붙잡으면서도, 이를 곤경에 처한 사람의 구조 요청으로 위장한다. 게다가 도둑이 가장하는 곤경이 '옷을 도둑맞을 위험'이기 때문에, 바로 그 사람이 옷을 도둑질할 계획으로 여관 주인의 옷에 손을 댄 것임을 짐작하기는 더욱 어려워진다. 정말 놀라울 정도로 완벽한 시나리오다. 늑대로의 변신 뒤에 남는 옷이라는 문제는 거짓말의 공포 효과를 증폭시키는 동시에 옷을 훔치려는 행동의 의미를 완벽하게 감추는 다목적 장치로 작동한다.

그런데 도둑은 어떻게 그런 복잡한 시나리오를 머릿속에서 즉흥적으로 만들어낼 수 있었을까. 도둑이 비상한 두뇌의 소유

자임은 분명해 보이지만, 그가 이 모든 시나리오를 무(無)에서 창조한 것은 아니다. 도둑은 이미 존재하는 늑대인간 전설의 시나리오를 이 상황에 완벽하게 적용한 것뿐이다.

늑대인간 모티프의 출발점에 있는 신화로 아르카디아의 왕 리카온의 이야기가 있다. 리카온은 제우스에게 인육을 대접했다가 제우스의 분노를 사고 그 벌로 결국 늑대가 되고 만다. 그런데 이것은 정확한 의미에서 늑대인간 이야기라고 할 수는 없다. 그저 인간이 늑대로 변해버린 이야기일 뿐이다. 좀 더 늑대인간 전설에 가까운 것은 고대 로마의 저자 플리니우스가 들려주는 이야기다. 그에 따르면 아르카디아에서는 매년 한 명의 남자를 뽑아서 늪지로 보낸다. 그 남자는 늪을 건너 늑대로 변신한 뒤 늑대의 무리와 함께 지내는데, 9년 동안 사람을 한 번도 보지 않으면 다시 사람으로 돌아온다.[7] 이보다도 더 전형적인 늑대인간의 이야기는 보름달이 뜬다든가 혹은 어떤 다른 사건이 일어나면 사람이 늑대로 변신했다가 일정 시간 후 다시 인간으로 돌아오는 경우다. 우화 속의 도둑이 말한 것도 이처럼 변신과 역변신의 과정을 주기적으로 겪는 늑대인간의 이야기다.

늑대인간이 이처럼 저주스러운 주기적, 반복적 변신의 운명을 겪는 데 반해, 많은 유럽 동화의 동물 변신담은 대체로 일회적인 변신과 회복의 과정을 이야기한다. 마녀의 저주로 동물이 된 주인공이 결국 구원받아 인간으로 돌아오는 줄거리다. 다만 그림(Grimm) 형제의 동화 중 하나인 「여섯 마리 백조」에서는 저주와 구원의 플롯이 주기적인 변신과 역변신의 이야기와 합성되어 있다. 마녀의 저주로 백조가 된 여섯 왕자는 밤마다 잠깐씩 본모습으로 돌아온다. 최종적 구원은 막내 누이의 노력으로 찾아온다. 누이동생은 6년 동안 아무 말도 하지 않고 오빠들의 옷을 짠다는 과업을 완수함으로써, 오빠들을 완전한 인간으로 돌아오게 한다.

　여기서 주목할 것은 오빠들의 옷을 만드는 것이 인간으로의 완전한 역변신의 조건이 되고 있다는 것이다. 이는 동물로의 변신이 옷의 상실과, 인간으로의 역변신이 옷을 되찾는 것과 결부되어 있음을 암시한다. 옷은 인간에게 고유한 것이며 인간성의 담보물이다. 그러니 동물로 변신할 때는 옷이 버려질 수밖에 없고, 따라서 역변신도 옷을 다시 입어야 완성되는 것이다. 그런데 벌거벗은 인간은 어디서 옷을 되찾는가? 마지막에 백조들은 누이동생이 짜준 옷을 입고 인간으로 돌아온다. 누이동생이 없는 늑대인간은 어떻게 되는가?

　아르카디아인의 늑대 변신 이야기에서 선택된 사람은 옷을 벗어 늪가의 참나무에 걸어놓고 헤엄쳐 늑대의 무리에 합류한다. 그리고 9년 동안 사람을 보지 않으면 늪가로 돌아와 인간의 모습을 되찾고 걸어둔 옷을 입은 다음 인간 세계에 복귀한다. 그것은 역변신의 마지막 의식으로서 옷을 되찾는 절차가 필요함을 보여준다.

　고대 로마의 작가 페트로니우스는 「사티리콘」에서 늑대인간의 옷 문제와 관련하여 재미있는 이야기를 들려준다.[8] 이야기하는 '나'는 자신의 친구가 늑대로 변신하는 놀라운 광경을 관찰한다. 그 친구는 먼저 옷을 벗고 옷 주위에 오줌을 눈다. 그리고 늑대로 변신하여 숲으로 들어간다. '나'는 친구가 옷을 벗어놓고 떠난 자리에서 놀랍게도 옷이 돌덩어리로 변해 있는 것을 발견한다. 그 후 '나'는 애인 멜리사의 집을 찾아가는데, 늑대가 침입하여 멜리사의 양들을 죽이고 멜리사의 하인이 휘두른 창에 목이 찔려 쫓겨 갔음을 알게 된다. '나'는 다시 변신 장소로 가본다. 돌덩어리는 사라지고 피만 흥건했다. 이어서 친구 집을 찾아가 보니 친구는 목에 깊은 상처를 입고 의사의 치료를 받고 있었다. 이 이야기는 늑대인간이 늑대로 변신하기 전에 옷을 벗을 뿐만 아니라 나중에 다시 옷을 입기 위해 옷에 마법의 잠금장치를 해둔다는 것을 말해준다.

　이런 이야기들을 보면, 도둑의 시나리오가 늑대인간 전설에서 차용된 것임을 알 수 있다. 늑대인간은 안전하게 인간 세계로 복귀하기 위해 옷을 잘 보관해야 한다. 페트로니우스의 늑대인간이 자신의 오줌으로 옷을 보관했다면, 도둑은 늑대인간이 타인의 친절에 기대어 안전한 역변신을 보장받는다는 변형된 시나리오를 지어낸 것이라고 이해할 수 있다. 그리고 그 시나리오는 고도로 정교한 절도 작전의 핵심 장치가 된다.

물론 정말 영리한 것은 도둑이 아니라 이 우화를 지어낸 작가다. 「도둑과 여관 주인」의 작가는 옷 훔치는 도둑의 이야기 속에 늑대인간의 옷 모티브를 절묘하게 차용하면서, 비합리적이고 미신적인 이야기를 패러디하고 그것을 철석같이 믿는 어리석은 사람들을 조롱한다. 늑대인간 이야기에서 인간이 늑대로 변신하면서 옷을 잃어버릴 위기에 빠진다면, 이 우화에서는 그런 비합리적인 이야기에 현혹된 인간이 옷을 잃어버린다. 따라서 인간성을 상실하는 것은 늑대인간이 아니라 늑대인간의 미신에 현혹된 여관 주인이라고 할 수도 있을 것이다. 옷의 상실을 인간의 동물화와 동일시하는 늑대인간 이야기의 논리를 이 우화에도 적용할 수 있다면 말이다.

그런데 과연 옷이 곧 인간성을 담보하는 매개물이라고 볼 만큼 인간 존재와 옷 사이에 그렇게 본질적인 관계가 있는 것일까? 동물들이 옷이 없듯이, 인간도 본래는 옷이 없었다. 인간은 진화의 과정에서 환경에 적응하는 가운데 옷을 발명하여 입기 시작했을 뿐이다. 그런 한에서 옷은 인간에게 우연적이고 비

본질적이라고 할 수 있다. 자연으로 돌아가기 위해 옷을 버리려 하는 나체주의 운동은 옷에 대한 그러한 관점을 대변한다. 그러나 여전히 우리는 옷이 없는 인간의 삶을 상상할 수 없다. 인간은 옷을 입는 동물이다.

인간과 옷 사이의 복합적인 관계는 창세기 낙원 추방의 신화에도 잘 표현되어 있다. 이에 따르면 인간은 태초의 무구함을 상실하면서 그 타락의 결과로 비로소 옷을 필요로 하게 되었다. 그러나 성서는 이와 동시에 인간이 인간으로서 자각을 가지게 된 것이 옷의 출발이라고 말하기도 한다. 인간이 자신을 인식하게 된 최초의 징표는 벌거벗었다는 사실에 대한 깨달음이었다. 이는 옷이 사후적으로 인간에게 덧붙여진 것이 아니라, 인간 존재의 본질적 조건에 속한다는 것을 시사한다. 벌거벗음이라는 관념은 옷에 대한 인식을 전제하기 때문이다. 그러면 인간은 어떻게 옷이란 것이 존재하기도 전에 옷에 대한 관념을 얻은 것일까? 아마도 태초의 인간이 이미 신의 옷을 보았기 때문일 것이다. 창세기의 신은 벌거벗은 모습으로 인간 앞에 나타나지 않았다. 인간이 선악과를 먹고 알게 된 것은 자신이 신을 닮은 존재라는 것, 그런데도 신과 달리 옷을 입지 못하고 벌거벗은 상태라는 사실이었다. 그렇다면 옷을 입고자 하는 욕망은 신의 형상을 닮은 인간이 신에 더 접근하고자 한 데서 나온 것이라고 성

　　　　　인간과 옷: 「도둑과 여관 주인」

경은 이야기하고 있는 셈이다.

코로나 바이러스는 우리에게 새로운 옷을 입게 했다. 바이러스가 유행하는 동안 얼굴의 노출은 자연적 폭력과 죽음의 신호가 되었고, 모든 사람이 마스크를 쓰고 있는 곳에서 마스크를 쓰지 않으면 옷을 벗고 다니는 것과 같은 느낌이 들게 되었다.

팬데믹의 상황에서 마스크를 쓴다는 것은 실용적인 차원에서 이중의 의미를 지닌다. 하나는 자신을 바이러스의 위험에서 지킨다는 것이고 다른 하나는 타인을 감염시키지 않겠다는 것이다. 자신을 지키는 동시에 남을 지켜주는 것이 곧 마스크다. 수비적이고 반공격적이라는 점에서 마스크는 사회적 평화의 장치라 할 만하다.

그런데 이러한 생각은 옷 일반에까지 적용할 수 있는 것이 아닐까? 옷은 무엇보다 우리 자신의 몸을 여러 가지 외부적 위험에서 보호하기 위한 수단이라고 여겨진다. 그러나 적어도 성적인 면에서 옷은 우리 자신이 타인에게 성적 위협이나 도발이 되는 것을 막기도 한다. 벌거벗은 몸은 보호받지 못한 채 위험에 노출된 몸이기도 하지만, 타인의 평화와 안정을 교란하고 파괴할 수 있는 위험한 몸이기도 한 것이다. 나체가 사회적으로 엄격히 금지되는 것은 바로 이 때문이다. 우리는 우리 자신을 보호하기 위해서뿐만 아니라 남을 침해하지 않기 위해서도 옷을 입는다. 자신을 위한 것이면서 남을 위한 것이 옷이다. 인간의 사회적 삶은 옷이 만들어낸 개인과 개인 사이의 거리를 통해 가능해진다. 그렇다면 인간은 사회적 동물이기에 옷을 입는다고 말할 수도 있을 것이다.

인간과 옷: 「도둑과 여관 주인」

빛이란 무엇인가

「아테나이의 채무자」

아테나이에서 어떤 남자가 빚을 졌는데, 상환 기일이 되어도 갚을 돈이 없었다. 독촉하는 채권자에게 유예를 요청했으나 거절당하고, 하는 수 없이 자신의 유일한 재산인 암퇘지를 채권자가 지켜보는 가운데 팔려고 내놓았다. 그는 지나가던 사람에게서 암퇘지가 새끼를 낳을 수 있느냐는 질문을 받고 당연히 새끼를 아주 잘 나을 수 있다고 장담하면서, 심지어 엘레우시스 비의 때는 암컷을, 판아테나이아 축제 때는 수컷을 나을 것이라고 덧붙였다. 물어본 사람이 깜짝 놀라자 이번에는 채권자가 나서서 더욱 놀라운 암퇘지의 비밀을 밝혔다. "그 정도로 놀라기엔 이릅니다. 디오니소스 축제 때는 이 암퇘지가 새끼 염소를 낳아줄

겁니다."

　이 이솝우화의 재미를 충분히 느끼기 위해서는 여기 열거된 아테나이의 제의에 대해 간단히 몇 가지 사항을 알아둘 필요가 있다. 엘레우시스 비의는 곡물의 여신 데메테르와 그녀의 딸 페르세포네를 기리는 축제로 매년 10월에서 11월에 열렸으며, 이때 암퇘지를 제물로 바쳤다. 판아테나이아(Panathenaia) 축제는 아테나이 여신의 탄생을 기리는 축제로 그 시기는 매년 7월 말이며, 수퇘지가 제물로 바쳐졌다. 디오니소스 축제는 포도주의 신 디오니소스를 기리는 축제이며 매년 3월 말에 열렸는데, 여기서는 디오니소스를 상징하는 동물이기도 한 새끼 염소가 제물이 되었다. 그러니까 채무자는 암퇘지를 어서 팔아 빚을 갚으려고 그 녀석이 축제 때마다 필요한 대로 암퇘지면 암퇘지, 수퇘지면 수퇘지를 척척 나을 수 있다고 허풍스러운 주장을 하여 물어본 사람을 놀라게 한 것이다. 그래도 채무자는 돼지가 돼지를 낳는다는 근본적인 자연법칙의 테두리 안에서 호객행위를 했지만, 그 옆에 서 있던 채권자는 그 최소한의 선마저 넘어버린다. 그의 주장에 따르면 제물로 새끼 염소가 필요한 디오니소스 축제 때가 되면 암퇘지는 새끼 염소도 낳아줄 것이다. 그것은 채무자의 허풍보다도 더 황당무계한 주장이지만, 어쨌든 암퇘지가 축제 때 필요한 제물을 낳는다는 채무자의 논리를 일관되게 밀고 나간 것이다.

그런데 암퇘지를 팔기 위해 채권자가 채무자보다 더 큰 거짓말을 한다는 것은 채권-채무 관계의 본질적 특징과 관련이 있다. 그 특징이란 무엇인가?

채권자와 채무자의 관계는 쌍방이 서로 주고받는 일종의 교환관계라고 할 수 있는데, 이 교환관계에서 핵심적인 것은 시간 지연이다. A와 B 사이의 교환관계에서 A가 B에게 먼저 주고, B가 A에게 나중에 준다면 첫 번째 수수 행위의 시점과 두 번째 수수 행위의 시점 사이에 채권-채무 관계가 발생한다. 먼저 준 A는 장차 B에게서 받을 권리를 가지기에 채권자가 되고, 먼저 받은 B는 A에게 줄 의무를 지기에 채무자가 되는 것이다.

교환이란 것은 두 차례의 수수 행위를 필요로 하는 것이고, 그 두 행위가 완벽하게 동시에 이루어지기는 어렵기 때문에, 대부분의 교환 과정에서 비록 짧은 시간이나마 채권-채무의 관계가 나타나기 마련이다. 식당에서 주문한 음식이 나오면 손님에게는 음식 값을 지불할 의무가 생긴다. 많은 식당에서는 손님이 식사를 마치고 식당을 떠날 때까지 이 채무를 유예해준다. 물론 우리는 상식적으로 식당에서 식사하는 손님들을 채무자라고 부르지는 않는다. 다만 손님이 통상적인 지불의 기한을 지키지 못하고 외상 장부에 이름을 올리고 식당을 떠난다면, 그때부터는 손님이 식당 주인에게 빚을 진 것으로 인식된다. 그러니까 교환 과정이 관습적으로 정해진 시공간적 한계 안에서 완결되지 못하고 두 번째 수수 행위가 더 지연되는 경우에야 채권-채무 관계가 성립한다는 것이 상식적 관점일 것이다. 그러나 관계의 구조적 측면에서는 손님이 식당에서 밥값을 해결하든 외상을 진 뒤에 일정 시간 후에 지불하든 차이가 없다. 식당에서 성립하는 교환관계는 주인이 먼저 주고 손님이 나중에 갚는 관계이며, 잠시나마 주인은 채권자의 입장에, 손님은 채무자의 입장에 서게 된다.

그런데 전형적인 채권-채무 관계라고 여겨지는 것은 밥을 먹고 돈을 내는 교환 과정의 불가피한 시간차 때문에 그 부산물로서 발생하는 상태와 구별된다. 역으로 시간차 때문에 교환의 의미가 발생하는 것이 전형적인 채권-채무 관계의 특성이다. 돈을 꾸고 갚는 일, 보리쌀을 꾸었다가 돌려주는 일이 동시에 일어난다면 여기에는 교환의 의미가 있을 수 없다. 같은 것으로 같은 것을 바꾸는 것이기에 무의미한 교환이 된다. 교환은 서로 다른 것을 바꾸는 일이며, 돈을 꾸고 갚는 일이 교환이 되는 이유는 지금의 돈과 일정 시간 뒤의 돈 사이에, 지금 당장의 보리쌀과 보름 뒤의 보리쌀 사이에 중대한 차이가 있기 때문이다.

우리는 일반적으로 채권자와 채무자라는 말을 들으면 전자를 강자로, 후자를 약자로 상상하기 쉽다. 그런데 지금 살펴본 교환의 구조 자체만을 놓고 보면 채무자가 오히려 유리하고 우월한 입지에 있는 것처럼 보이기도 한다. 채권자는 먼저 내주고 나서 일정 시간 뒤에 준 것을 돌려받기를 기대하는 사람이다. 채권자의 기대는 긴장과 불안을 동반하는 기대다. 채무자가 의무를 이행하지 않거나 이행할 수 없는 처지에 빠질 가능성을 배제할 수 없기 때문이다. 채권자가 된다는 것은 선불을 하고 그 대가를 돌려받지 못할 위험을 감수한다는 의미다. 반면 채무자는 그런 부담이 없다. 채무자는 자기 몫을 먼저 확실하게 확보하고 후불의 의무를 질 뿐이다. 동일한 가치를 주고받는 등가교환의 관계라면 후불이 무조건 이득이다.

일방적으로 위험을 감수해야 하는 채권자는 보호 장치를 필요로 한다. 이솝우화 가운데는 채권자의 불안에 관한 이야기가 있다. 수사슴이 양에게 와서 밀을 좀 꾸어달라고 한다. 수사슴이 얼마나 빠른지 아는 양은 보증인을 세워야 한다고 말한다. 늑대가 보증을 서주기로 했다는 수사슴의 대답에 양은 펄쩍 뛰며 대꾸한다. "뭐든지 가져가고 갚을 줄 모르는 늑대를 믿으라고? 네가 빠른 다리로 달아나면 나는 빚을 누구한테 돌려받지?" 이 우화는 남에게 뭔가를 빌려주려면 교환 구조에서의 불리함을 상쇄하기 위해 사회적 보호 장치(보증 제도)가 필요하다는 것, 그리고 이 장치도 궁극적으로는 물리적 힘으로 뒷받침되지 않으면 무의미하다는 것을 보여준다. 힘이 없는 자는 채권자가 되어서는 안 된다.

아테나이의 채권자는 양처럼 무력한 존재는 아니다. 그는 빚을 기한 안에 돌려받지 못했을 때 채무자를 손아귀에 넣고 괴롭힐 수 있고 그가 가진 마지막 재산을 팔도록 강요할 수도 있는 것이다. 그럼에도 불구하고 채권자는 필요한 돈을 되찾지 못할 위험에 직면해 있다. 채무자에게 정말 돈이 없다면 별 뾰족한 수가 없기 때문이다.

아테나이의 채무자에게는 그나마 암퇘지라도 있어서, 암퇘지로 채무를 변제할 가망성이 남아 있다. 그는 상품의 가치를 터무니없이 부풀리면서까지 암퇘지를 팔아보려고 노력한다. 그래야 채권자에게 시달리는 신세를 면할 수 있을 것이기 때문이다. 그러나 기왕 빚 독촉을 받고 있는 상황에서 암퇘지를 파는 것이 그의 삶에 큰 변화를 가져오는 절박한 문제일 수는 없다. 암퇘지를 팔아도 그 대금은 채권자에게 돌아갈 것이고, 못 판다면 아마도 채권자에게 암퇘지를 빼앗기고 말 것이다. 그래도 채무자는 빚을 얻어서 이미 썼기에 손해를 보는 입장은 아니다. 그는 분명 어려운 처지에 있는 것처럼 보이지만 적어도 채권자와의 교환관계에서 손해를 감내하는 입장은 아니라는 것이다. 반면 채권자에게는 암퇘지를 팔아서 돈으로 만드는 것이 훨씬 더 중요하고 시급한 문제다. 그래야만 그는 겨우 빌려준 돈을 돌려받아서 손실을 입지 않게 된다. 그러한 다급한 심정이 암퇘지가 새끼 염소를 나을 수 있다는 황당무계한 거짓말에서 드러난다. 채무자의 거짓말보다 채권자의 거짓말이 강도가 훨씬 더 센 것은 빚을 갚아야 할 절박함과 빚을 받아내야 할 절박함 사이의 격차를 반영한다. 그리고 이러한 격차는 궁극적으로 채권-채무 관계의 비대칭적 교환 구조에서 기인한다.

수사슴과 양의 우화나 아테나이의 채무자에 관한 우화는 채권-채무 관계가 사적인 방식으로 조정되는 세계를 그리고 있다. 빚을 받아내는 일이 순수하게 채권자 개인에게 맡겨질 경우 수사슴처럼 당장 먹을 것이 필요하더라도 빚내기가 어려워질 수도 있고, 처음 약속과 달리 받을 수 없게 된 빚을 받아내려는 노력이 제3자를 속이는 새로운 거짓된 약속(암퇘지가 새끼 염소를 나을 것이라는)을 낳을 수도 있다.

그래서 사회는 공적인 차원에서 채무자를 압박함으로써 전반적으로 채권자를 보호하는 장치를 발전시켜왔다. 빚을 갚지 않으면 경제적 활동을 극히 어렵게 하는 신용불량자 제도가 그러한 예다. 이솝우화 가운데 돈을 빌려 해상 무역에 투자했다가 배가 난파하는 바람에 파산 상태가 된 박쥐가 채권자들이 두려워 밤에만 다니게 되었다는 이야기가 있는데, 이는 빚을 갚지 못한 채무자가 사회의 음지에 머무를 수밖에 없는 오늘의 현실에 대한 비유로도 읽을 수 있을 것이다.

채권-채무 관계가 사적인 차원의 문제로 방치될 경우 반대 방향의 부작용도 있을 수 있다. 채권자가 사회적으로 우월한 지위나 권력을 이용하여 경제적으로 어려운 채무자에게 과도한 이자를 요구하는 횡포를 부리거나 빚을 갚지 못하는 경우 폭력을 행사하는 사태가 벌어지기도 한다. 실제로 고대 아테나이에서는 빚을 갚지 못한 사람이 채권자의 노예가 되어 노예 노동으로 빚을 갚아야 하는 가혹한 일들이 있었다. 유명한 솔론의 개혁 가운데 중요한 사항이 바로 채무의 탕감과 채무 노예의 해방이었다.

여기서 인간 사회는 채권자의 보호와 채무자의 보호라는 두 가지 대립적인 과제에 직면해 있다는 것을 알 수 있다. 채무자의 보호에만 치우친다면 기본적인 교환의 정의가 침해되고 이에 따라 장기적으로 빚을 얻는 일 자체가 어려워질 수 있다. 채권자의 보호에만 치우친다면 불가피하게 빚을 갚지 못하게 된 채무자들이 나락으로 떨어질 수 있다.

빚이란 인간 사회에서 그 누구라도 감당하지 않으면 안 되는 불가피한 위험 요소, 즉 일종의 필요악이라고 할 수 있겠지만, 더 나아가서 사회 전체의 복지를 증진시키는 생산적 기관으로 볼 수도 있을 것이다. 빚은 사회 전체의 관점에서 볼 때 유휴 상태에 있는 부를 당장 필요한 부분에 돌아가게 함으로써 부의 생성과 소모 사이의 시간적 간격을 단축하는 역할을 하기 때문이다. 물론 그 중요한 전제는 빚이 도박 빚과는 달리 생산적으로 사용되어야 한다는 것이다. 빚이라는 사회적 기관이 건전하고 생산적으로 작동하도록 관리하는 것은 국가와 공동체의 중요한 책무 가운데 하나다. 특히 오늘날처럼 국가 자신이 가장 대표적인 채무자로 부상한 시대에는 국가의 책임이 그 어느 때보다 막중하다고 할 수 있다. 국가는 얼마나 좋은 빚쟁이가 되기 위해 노력하고 있는가?

재현의 정치

「함께 길을 간 사람과 사자」

사람과 사자가 함께 길을 가다가 서로 자기가 잘났다며 다투고 있었다. 마침 그 길가에는 사람이 사자를 목 졸라 죽이는 석상이 있었다. 사람이 사자에게 말했다. "우리가 너희보다 강하다는 걸 알겠지?" 그러자 사자가 웃으며 대꾸했다. "사자가 조각을 할 줄 알았다면 많은 사람이 사자의 발아래 쓰러져 있는 걸 볼 수 있겠지."

동물들이 누가 더 나은가를 두고 경쟁하는 내용의 설화를 쟁장설화(爭長說話)라고 한다. 「두꺼비의 나이 자랑」처럼 누가 나이가 많은가를 놓고 동물들이 다투는 이야기가 쟁장설화의 대표적인 예다.

손진태는 『조선민족설화의 연구』에서 「두꺼비의 나이 자랑」의 근원 설화로 「십송률」(十誦律)에 실린 사막새, 코끼리, 원숭이의 다툼에 관한 이야기를 지목한 바 있는데,[9] 그 내용은 다음과 같다. 큰 나무에 의지해서 함께 살던 사막새와 코끼리와 원숭이가 자기만 잘났다면서 서로 무시했다. 그들은 결국 먼저 태어난 자를 공경하고 존중하면서 서로 화목하게 살기로 합의하고, 누가 연장자인지를 따지기 시작했다. 코끼리는 어렸을 때 큰 나무가 배꼽에 닿았다고 했고, 원숭이는 어렸을 때 땅바닥에 앉아서 나무 끝을 손으로 잡아당길 수 있었다고 했으며, 사막새는 어려서 건너편 큰 나무 열매를 먹고 눈 똥에서 지금 이 나무가 자라났다고 했다. 그리하여 코끼리보다 원숭이가, 원숭이보다 사막새가 먼저 태어났음이 드러나고, 이제 코끼리는 원숭이를 등에 업고 원숭이는 새를 자기 위에 앉히고 두루 돌아다니며 어른 공경의 미덕으로 세상을 감화시켰다.

불교의 전파와 함께 한국에 들어온 쟁장설화는 불교 설화가 지닌 교훈적 요소가 약화되고 민간 설화 특유의 민중적 해학이 강조되는 양상을 보인다. 「두꺼비의 나이 자랑」이 바로 그러하다. 이 설화에서도 세 동물 사이에 나이를 두고 다툼이 벌어진다. 사슴, 토끼, 두꺼비가 잔치를 벌이는데 잔칫상을 누가 먼저 받느냐가 문제가 되었다. 사슴이 천지개벽할 때 하늘에 별을 박았으니 자신이 연장자라 주장하자, 토끼는 하늘에 별을 박을 때 사용된 사다리를 만든 나무를 자기가 심었다고 맞받았다. 이 때 두꺼비가 훌쩍훌쩍 울기에 사슴과 토끼가 그 연유를 물으니 죽은 세 아들 생각에 눈물을 흘린다고 하였다. 두꺼비의 세 아들은 각각 나무를 심어 한 아들은 별을 박는 데 쓸 망치 자루를 만들고, 한 아들은 해와 달을 박는 데 쓸 망치 자루를 만들고, 또 한 아들은 은하수를 팔 때 쓸 삽자루를 만들었으나, 이들이 모두 그 일을 하다 죽었다. 그래서 두꺼비는 천지개벽 당시 얘기를 들으니 그 생각이 나서 운다는 것이었다. 그리하여 두꺼비가 최고 연장자로서 가장 먼저 상을 받게 되었다.

불교 설화와 두꺼비의 나이 자랑 이야기를 비교해보면 우선 동물들이 나이 다툼을 하는 이유가 다르다. 불교 설화에서는 누가 연장자인지를 밝힘으로써 혼란스러운 사회적 질서를 바로잡는다는 것이 나이 경쟁의 명분으로 제시된다. 반면 「두꺼비의 나이 자랑」에서는 누가 더 좋은 것을 차지하고 더 대접받는가를 둘러싼 이기적 동기에서 동물들 사이에 다툼이 벌어진다. 또 다른 결정적 차이는 동물들이 나이의 근거로 늘어놓는 이야기에서 찾아볼 수 있다. 불교 설화에서 동물들은 출생 신고서처럼 나이 먹은 것을 증명할 수 있는 증거 자료를 제시하지는 않지만 그래도 그들이 근거로 삼는 이야기는 비교적 현실적이다. 현실 논리를 완전히 벗어난 것은 아니기에 그들이 진실을 말하지 않는다고 할 근거도 없는 것이다. 대체적으로 보면 '나는 큰 나무만큼이나 오래 살았다' 정도가 그들의 주장이다. 반면「두꺼비의 나이 자랑」에서 사슴과 토끼와 두꺼비가 들려주는 이야기는 모두 황당무계한 허풍이기에 웃음을 자아낸다. 사슴이 천지개벽을 운운하면서 그 이상의 연장자를 상상할 수 없을 만큼 나이를 한껏 올려 잡아보았지만 이보다 더 큰 허풍이 기다리고 있었다는 데 두꺼비 설화의 묘미가 있다. 연장자가 승리하는 게임이 아니라 누가 더 통 큰 거짓말을 지어낼 수 있느냐가 승부를 가름하는 게임인 것처럼 보인다. 그러니 이 이야기는 어떤 진지한 교훈을 전달하려는 의도도 찾아볼 수 없는 희담이다.

이솝우화에서 나이 자랑하는 동물은 찾아볼 수 없지만, 다른 다양한 장점을 두고 겨루는 동물의 이야기는 꽤나 많다. 이솝우화의 동물들은 부단히 자기가 더 우월하다고 자랑하며 다른 동물과 경쟁하려 한다. 그 유명한「토끼와 거북」도 이런 의미에서 대표적인 쟁장설화의 예라고 할 수 있다. 경쟁하는 것은 동물만이 아니다. 해와 바람도 자기가 더 강한 자라고 주장하며 다툰다. 사람도 이 경쟁의 대열에 뛰어든다. 사람이 사자와 우열을 논한다. 식물이라고 여기서 빠질 수 없다. 석류나무와 사과나무와 올리브나무가 자신의 열매가 더 좋은 열매라고 주장하며 다툼을 벌인다.

이솝우화에 포함된 '쟁장설화'에서 일관되게 나타나는 특징 가운데 하나는 인물들이 왜 자신의 우월함을 증명하려 하는지를 전혀 밝히지 않는다는 점이다. 그들의 다툼은 확고한 서열을 수립하여 조화롭고 질서 있는 삶을 살기 위해서 시작되는 것도 아니고, 잔칫상을 먼저 받으려는 동기에서 벌어지는 것도 아니다. 이솝우화 속의 인물들은 생래적으로 다른 존재보다 더 우월해지고 싶어 하고 그 우월함을 인정받고 싶어 하는 것처럼 보인다. 단순히 개인적 자존심을 세우는 것 외에, 그들의 경쟁에 어떤 다른 목표가 있는 것처럼 보이지 않는다.

'쟁장설화'로서 이솝우화가 보이는 또 하나의 특징은 우월함을 증명하는 데 대한 진지한 관심이다. 그래서 이솝우화의 인물들은 단순히 자신의 우월함을 일방적으로 주장만 하는 것이 아니라 논거를 대며 논쟁을 벌이고, 논쟁만으로 해결되지 않으면 실험과 실천을 통해 우열을 가리고자 한다. 더 재치 있게 나이를 과장할 줄 아는 자가 승리하는 두꺼비 게임과 달리 이솝우화의 게임은 경험적 관찰에서 나온 근거를 바탕으로 진행된다. 암캐가 네발 달린 짐승 가운데 자신이 새끼를 가장 빨리 낳는다고 자랑하자 암퇘지가 이렇게 반박한다. "눈도 뜨지 못하는 걸

낳으니 빨리 낳는 게지." 해와 바람은 누가 더 힘이 센지 확인하기 위해 실험을 고안한다. 그리하여 길 가는 사람의 외투를 누가 벗기느냐를 놓고 둘은 자신의 힘을 시험하고, 결국 해가 강자임이 증명된다.

논쟁의 형식이든 해와 바람의 대결 같은 실천적 경쟁의 형식이든 이솝우화에서 우열을 가리려는 인물들 사이의 다툼은 궁극적으로 '우월함이란 무엇인가' '무엇이 진정으로 자랑하고 자부심을 가질 만한 것인가'라는 질문에 대한 답으로 귀결된다. 여우가 암사자에게 새끼를 한 번에 한 마리밖에 낳지 못한다고 타박하자 암사자는 이렇게 대꾸한다. "한 마리밖에 못 낳지만, 내가 낳는 건 사자 새끼라는 걸 알아둬." 이 이야기에 주석가들은 다음과 같은 교훈을 붙여놓았다. "좋은 것은 양이 아니라 질로 판단해야 한다는 것이다." 공작이 자신의 황금색과 자줏빛으로 빛나는 화려한 옷을 뽐내며 보잘것없는 두루미의 날개를 비웃자 두루미는 이렇게 대답한다. "나는 별 가까이에서 노래하고 푸른 창공을 날아다니지." 또 토끼와 거북의 경주는 어떤가? 경주의 결과 거북이 놀라운 승자로 등극하며, 이와 함께 신체적 능력의 우월함보다 끈기 있는 노력을 기울일 수 있는 참을성이 진정한 우월함이라는 것이 드러난다.

이처럼 이솝우화 속의 다양한 쟁장설화를 모아서 살펴보면 왜 우화 속의 모든 인물들이 부단히 자신의 장점을 다른 인물들과 견주고 우월함을 인정받고자 하는지가 드러난다. 이솝우화의 '자기 자랑 게임'은 개별 인물의 차원에서는 단순히 자존심을 세우고자 하는 허영심에서 동력을 얻는 것처럼 보이지만, 대립하는 인물들 사이의 경쟁 과정을 전체적으로 보면 우리가 추구해야 할 가치가 무엇인가라는 물음을 둘러싼 탐색이 그 속에서 이루어지고 있음을 알 수 있다. 그것은 우열과 승패를 가리고 패자에 대한 승자의 지배로 끝나는 경쟁이 아니라, 좋은 가치, 진정한 가치를 향한 경쟁이다. 이러한 쟁장설화는 불교 설화보다 더 근본적인 의미에서 교훈적이다. 사막새와 코끼리와 원숭이의 우화에서 연장자를 공경해야 한다는 교훈이 동물들의 경쟁에 대해 외적으로 주어진 것인 데 반해, 이솝우화의 교훈은 동물들의 논쟁과 경쟁의 과정 속에서 비로소 도출되는 것이기 때문이다.

이솝 식의 쟁장설화가 가지는 이러한 진지한 성격 때문에, 이 세계에서는 근거 없는 주장만으로 자신의 우월함을 인정받고자 하는 자가 경쟁의 관문을 무사히 통과하는 일은 있을 수 없다. 우화 「함께 길을 간 사람과 사자」에서 사람은 사람이 사자를 목 졸라 죽이는 동상을 가리키면서 그것으로 자신의 우월함이 입증된 것처럼 흐뭇해한다. 그러나 사자는 그 동상을 조각한 자가 바로 사람이라는 사실을 환기함으로써 동상의 객관적 증거 능력을 부정한다. 사자가 조각했다면 사람과 사자의 싸움은 전혀 다르게 묘사되지 않았겠는가? 사람은 자기 자신에 편향된 방식으로 세상을 바라볼 뿐만 아니라 그것이 객관적 진실인 것처럼 기록하고 재현한다. 그러니 사람이 스스로 만든 조각상이 사람의 우월함에 대한 증거가 될 수는 없다. 이러한 반론 앞에서 사람은 말문이 막힌다. 우화에서 마지막 말이 결론을 이룬다는 원칙을 이 우화에 적용할 수 있다면, 이 논쟁의 승자는 사자임이 명백하다.

"역사는 승자의 기록"이라는 말이 있지만, 사자의 반박은 이 명제의 역도 성립함을 보여준다. 즉 기록하는 자가 승자라는 것이다. 기록하고 재현할 수 있는 권능을 장악한 자가 세상을 지배한다. 이솝우화 속의 사자는 재현의 편향성에 대한 현대적 논의가 일어나기 훨씬 전에 이미 재현의 정치학을 논하며 인간중심적이고 권력 중심적인 세계상의 전복을 꾀하고 있다.

끝으로 한마디 덧붙인다면, 이 논쟁을 사자의 완전한 승리로만 보기에는 뭔가 부족함이 있다는 지적을 할 수 있을 것이다. 사자는 재현의 편향성을 지적하기 위해 사자가 조각을 할 줄 모른다는 점을 인정해야 했다. 조각할 수 없다는 것, 자신의 관점에서 자신의 우월함을 재현하고 기록으로 남길 수 없다는 것, 그것 자체가 어떤 열등함의 표지라고 볼 수 있지 않을까? 사자의 한마디 반박만으로 사자를 목 졸라 죽이는 인간의 동상이 파괴되지는 않을 것이고, 그 동상은 계속해서 그 자리에 남아 보는 이들에게 인간 편향의 거짓을 전파할 것이다. 이처럼 재현이 단순한 가상이 아니고 현실적 영향력을 발휘하는 것이라면, 사자는 조각을 직접 배워서 스스로 사자의 위용과 우월함을 표현하고 인간적 거짓과 맞서 싸우기 전까지는 인간과의 싸움에서 여전히 불리한 처지에 있다고 할 수 있을 것이다.

꾀의 영웅

「고양이 목에 방울 달기」

쥐들이 고양이의 위협에 어떻게 대처할 것인지 모여서 회의를 연다. 한 쥐가 고양이 목에 방울을 달자고 제안한다. 모두가 좋은 생각이라고 박수를 치며 찬동할 때 한 늙은 쥐가 일어나서 묻는다. 그런데 누가 고양이 목에 방울을 달 수 있겠소? 그러자 모두 아무 말도 하지 못한다.

'고양이 목에 방울 달기'라는 속담의 기원으로도 잘 알려진 이 이야기는 흔히 이솝우화로 여겨지지만, 고대의 이솝우화 모음집에는 포함되어 있지 않다. 미국 고전학자 벤 에드워드 페리 (Ben Edwin Perry)가 만든 이솝우화의 분류 체계(페리 인덱스)

에서 「고양이 목에 방울 달기」는 613번 우화이며, 그것은 이 이야기가 중세 이후에 비로소 이솝우화에 추가된 것임을 의미한다.[10] 1668년에 출간된 라퐁텐의 우화집에서도 같은 이야기를 볼 수 있다. 그런데 더욱 흥미로운 것은 라퐁텐이 우화집을 발간한 것과 비슷한 시기인 1678년에 홍만종이 쓴 『순오지』(旬五志)라는 책에 이 이야기가 '묘항현령'(猫項縣鈴)이라는 속담의 배경 설화로 소개되어 있다는 사실이다. 고양이 묘, 목덜미 항, 매달 현, 방울 령이니, 묘항현령은 말 그대로 고양이 목에 방울 달기라는 의미다. 영어에도 동일한 속담(bell the cat)이 있지만, 홍만종이 당시에 수집한 조선의 속담에 묘항현령이 포함되어 있다는 것은 서양 세계에서 이솝우화로 널리 알려져 온 「고양이 목에 방울 달기」가 우리 민간에서도 오래전부터 구전되어왔음을 짐작하게 해준다.

'고양이 목에 방울 달기' 혹은 '묘항현령'이라는 속담의 의미를 생각해보면, 무엇에 방점을 찍느냐에 따라 크게 두 가지 해석이 나올 수 있다. 하나는 고양이 목에 방울을 다는 것이 실현 불가능한 허망한 공론에 지나지 않는다는 뜻이고, 다른 하나는 모두를 위해 절실하게 필요한 일이지만 그 일에 따르는 위험을 감수할 용기 있는 사람, 즉 구원을 가져올 영웅을 찾기 어렵다는 뜻이다. 속담은 해석에 따라 체념적 현실주의와 영웅을 그리워하는 한탄 사이를 오간다. 우화의 본래 교훈은 첫 번째 해석에 가깝지만, 우화를 잘 분석해보면, 왜 그 우화에서 속담의 두 번째 의미가 나오는지도 이해할 수 있다.

고양이는 쥐의 천적이다. 쥐는 고양이와 맞서 싸울 힘이 없을 뿐만 아니라, 고양이를 피해 달아나기에도 역부족이다. 힘이 없으면 어떻게 해야 할까? 머리를 써야 한다. 리투아니아 출신의 기호학자 그레마스(Algirdas Julien Greimas)가 분류한 바 있듯이 이야기의 세계에는 두 유형의 영웅이 있다. 엄청난 힘을 가진 영웅과 비상한 꾀를 가진 영웅이다. 힘의 영웅과 꾀의 영웅은 각각 인간 능력의 육체적 측면과 정신적 측면을 나타내는 형상이다. 꾀 많은 주인공이 힘이 세지만 어리석은 거인을 무너뜨리는 이야기 구도는 다양한 신화와 설화에서 반복된다. 이러한 모범에 따라 고양이 앞에서 결코 힘의 영웅이 될 수 없는 쥐들 역시 꾀를 통해 전세를 역전시켜 보려고 한자리에 모인 것이다.

쥐들은 논의 끝에 고양이 목에 방울을 달기로 한다. 방울 소리는 고양이에게서 달아날 때 쥐가 가지고 있는 육체적 핸디캡을 보완해줄 것이다. 그러나 그것은 곧 아무런 꾀가 아니었음이 드러난다. 그 꾀가 실제로 작동하게 하려면 다시 힘이 필요하기 때문이다. 사람처럼 고양이를 힘으로 제압할 수 있어야 고양이 목에 방울을 달 수 있다. 그런데 쥐들이 꾀를 짜내려 한 것은 고양이와 자신들이 결코 힘으로 대결할 수 없기 때문이다. 쥐들의 회의는 어처구니없는 자가당착에 빠져든다. 보다 못한 늙은 쥐가 대체 누가 고양이 목에 방울을 달 거냐고 물으며 그 자가당착을 드러낸다.

쥐들의 회의는 고양이의 위협을 막을 수 없다는 불가능성을 고양이 목에 방울을 달 수 없다는 또 다른 불가능성으로 대체한 꼴이 되었다. 그런데 왜 쥐들은 그 불가능한 아이디어에 환호한 것일까? 쥐들은 어쩌면 고양이가 잠들어 있는 사이에 살짝 가서 방울을 달 수 있을 거라고 생각한 것인지도 모른다. 그러나 고양이를 깨우지 않고 그런 작업을 한다는 것도 불가능할 것이고, 그런 위험을 무릅쓰고 고양이에 바싹 다가가서 작업할 쥐가 있을 수도 없다. 쥐들도 조금만 더 깊이 생각해보았다면 고양이 목에 방울을 다는 것이 전혀 실현 불가능한 아이디어임을 깨달을 수 있었을 것이다.

쥐들이 막연한 생각으로 성급한 결론을 내린 가장 결정적인 이유는 고양이 목에 방울을 달 수 있을 것인가라는 질문을 자기 자신에게 돌리지 않았기 때문이다. 본래의 문제, 즉 고양이를 피한다는 것은 모두가 똑같이 직면한 문제다. 고양이가 나타나면 각자 알아서 달아나야 하고, 이때 목숨을 보존하느냐는 그저 운에 달려 있다. 다른 누구에게도 의존함이 없이 스스로 해결해야 하는 과제인 까닭에, 쥐들은 그것이 얼마나 어려운 일인지도 뼈저리게 느낄 수밖에 없다. 하지만 회의에서 제안된 고양이 목에 방울 달기라는 과제는 이와 성격이 다르다. 그것은 모두가 각자 수행해야 하는 과제가 아니다. 누군가가 한 번 실행하기만 하면 모두에게 두고두고 고양이를 미리 피할 수 있는 길이 열린다. 따라서 쥐들은 고양이 목에 방울 달기라는 제안이 나왔을 때 '내가 그 일을 해내야 하는가?'라는 질문을 던질 필요가 없었다. 다른 쥐들 중 누군가가 한 번만 그 임무를 수행해주면 된다. 자기가 직접 해야 할 일이 아니라고 생각한 쥐들은 그 과제가 정말 실행 가능한 것인지에 대해 생각하기를 중단한다. 누군가 나보다 능력 있는 쥐가 그 일을 하겠지. 단 한 명의 용감한 쥐만 있다면 두고두고 걱정이 없다. 이런 생각에 빠져 쥐들은 불가능한 계획에 열렬히 찬동한 것이다.

우화가 뚜렷하게 부각시키지는 않지만, 고양이 목에 방울 달기로 문제를 해결할 수 있다며 환호하는 쥐들 마음에는 자기를 희생하면서까지 극복하기 어려운 난제를 해결해줄 영웅에 대한 기대심리가 작용하고 있다. 이러한 영웅주의는 해결 불가능한 문제를 해결할 수 있는 어떤 예외적 주체에 대한 희망이라는 점에서 거짓된 희망이며, 또한 위험한 희망이기도 하다. 영웅주의는 자기가 해결할 수 없는 문제를 누군가가 대신 나서서 해결해주기를 바라는 의타심과 그렇게 다른 사람에게 해결을 맡긴 뒤에 더 이상 문제에 대해 스스로 생각하지 않는 나태함과 무책임함으로 이루어진다. 영웅주의에 빠진 사람들은 문제에 대한 각자의 책임을 회피하고 문제 자체를 직시하기를 거부하며, 그럼으로써 불가능한 해결을 약속하는 가짜 영웅이 등장할 수 있는 좋은 토양을 제공한다.

다행스럽게도 우화에서는 쥐들의 영웅주의적 열광에 찬물을 끼얹는 늙은 쥐가 마지막에 등장한다. 늙은 쥐는 누가 고양이 목에 방울을 달 수 있는지 물음으로써, 영웅에 대한 기대가 헛된 것임을, 영웅을 필요조건으로 하는 문제 해결책이 사실은 아무런 해결책이 될 수 없음을 깨닫게 한다. 비범하고 특출한 영웅만이 실행할 수 있는 꾀는 꾀가 아닌 것이다. 우화의 진짜 메시지는 여기에 있다. 늙은 쥐의 질문은 왜 위험을 무릅쓰고 고양이 목에 방울을 달러 가는 용사가 없느냐라는 질타가 아니라, 제대로 된 계산이 없는 비합리적 기대를 근거로 일을 도모하지 말라는 경고다.

이 우화의 반영웅적 성격과 관련하여 흥미로운 몽골의 설화가 있다. 그것은 서양에서 전해져온 「고양이 목에 방울 달기」 우화나 조선 시대에 기록으로 남은 「묘항현령」 우화와 완전히 다른 성격의 이야기다. 고양이가 불도를 닦는 수도자인 척하면

꾀의 영웅: 「고양이 목에 방울 달기」

서 부처님 말씀을 전한다는 구실로 주위의 쥐들을 끌어 모았다. 그러나 쥐의 왕 후칭토스트는 고양이 똥에 뼈와 털이 섞여 있는 것을 보고 고양이가 몰래 쥐들을 슬쩍슬쩍 잡아먹는다는 의심을 품는다. 그래서 고양이를 찾아가서는 사부님께 멋진 장식을 해드리겠다고 유혹하여 고양이 목에 방울을 달아놓는다. 쥐의 왕은 방울 소리로 고양이가 쥐를 몰래 잡아먹는 현장을 확인한 뒤에, 쥐의 무리를 이끌고 가짜 수도자 고양이를 떠나버린다.[11] 이 이야기에서는 고양이 목에 방울을 다는 것이 불가능한 일이 아니다. 고양이 목에 방울 달기는 진정한 꾀, 강자의 사악한 계략을 폭로하기 위한 약자의 지혜다. 고양이는 그 꾀에 걸려들었고, 정체가 탄로 나는 바람에 손쉬운 먹잇감을 몽땅 잃어버리고 만다. 이 이야기는 약자가 꾀로 강자를 물리치는 전형적인 설화적 구도를 보여준다. 쥐의 왕 후칭토스트는 종족을 위기에서 구원한 진정한 영웅, 꾀의 영웅이다.

고양이의 위협에서 벗어나기 위한 쥐들의 회의에서 방울 달기 제안을 한 쥐도 아마 그런 꾀의 영웅이 되기를 꿈꾸었는지도 모른다. 그러나 그 꾀는 되다 만 반쪽짜리 꾀에 그쳤다. 약자가 강자를 꾀로 따돌리고 해방되는 설화적 사건은 이 우화에서는 일어나지 않는다. 그것은 약자의 꿈일 뿐이다. 우화는 냉정하고 현실적이다. 추측에 지나지 않는 생각이지만, 몽골의 설화가 이 이야기의 원형적인 모습을 간직한 것이 아닐까 한다. 설화적 세계 속에서 고양이 목에 방울 달기는 약한 주인공이 동원할 수 있는 꾀의 목록에 속해 있었을 것이다. 그러나 묘항현령이 전설적이고 영웅적인 세계에서나 통할 수 있는 순진한 꾀라는 후대의 현실주의적 인식, 약자가 꾀로 강자를 무너뜨리는 일은 일어나지 않는다는 어떤 체념이 오늘날 우리가 알고 있는 「고양이 목에 방울 달기」라는 우화를 낳은 것이 아닐까.

꾀의 영웅: 「고양이 목에 방울 달기」

아름다운 것과 유용한 것

「샘물가의 사슴과 사자」

사슴이 샘물가에서 물을 마시다가 물에 비친 자기 모습을 보았다. 멋진 뿔이 특히 마음에 들었다. 사슴은 크고 다채롭게 뻗어 있는 뿔을 감탄스러운 시선으로 바라보았다. 그에 비하면 다리는 너무나 가늘고 허약해 보여서 화가 날 지경이었다. 그때 사자가 나타났다. 사슴은 죽어라고 뛰어서 사자를 상당히 따돌렸다. 하지만 숲길로 들어섰을 때 뿔이 나무에 걸려 사자에게 꼼짝없이 잡히는 신세가 되고 말았다. 사슴은 탄식했다. "미덥지 못하던 다리가 나를 살리고 믿었던 뿔 때문에 죽게 되는구나."

사슴의 위풍당당한 뿔과 가느다란 다리 사이의 대조는 우화적 상상력을 자극한다. 그래서인지 이솝우화 가운데는 「샘물가의 사슴과 사자」 말고도 사슴의 뿔과 다리의 대조를 주제로 하는 이야기가 하나 더 있다. 「새끼 사슴과 아빠 사슴」이라는 우화에서 새끼 사슴은 아빠 사슴에게 묻는다. 왜 아빠는 강한 뿔을 사냥개와 맞서 싸우는 데 사용하지 않고 무조건 사냥개에게서 달아나느냐고. 아빠는 웃으며 대답한다. "그러게, 그런데 어쩌겠니. 개 짖는 소리만 들리면 정신없이 달아나게 된단다." 아빠 사슴은 오직 빠른 다리로 생존을 도모한다. 새끼 사슴이 묻기 전까지 사냥개의 공격을 막는 데 뿔을 사용한다는 생각은 머리에 떠오른 적조차 없는 듯하다. 그것은 뿔이 겉모습만 화려할 뿐 목숨을 지키는 데 사용할 만큼 강력하지는 못하다는 것을 스스로 잘 알기 때문이다.

이처럼 빠른 다리로 포식자에게서 달아나는 것을 생존 전략으로 삼는 사슴에게 대체 큰 뿔은 무슨 소용이 있는가? 오히려 무거운 뿔이 도주에 방해가 되지는 않을까? 「샘물가의 사슴과 사자」는 이러한 질문을 더욱 첨예한 형태로 제기한다. 샘물에 자신의 모습을 비추어 본 사슴은 멋진 뿔에 스스로 매료된다. 반면 빈약해 보이는 가는 다리는 불만스럽기 짝이 없다. 물에 비친 뿔의 이미지가 주는 만족감은 뿔이 실제로 어떤 기능을 하느냐와 무관한 미적 만족감이며, 볼품없는 다리에 대한 부정적 평가도 다리의 기능적, 실용적 측면에 대한 고려 없이 이미지의 차원에만 머물러 있는 미적 판단이다.

그러나 사자가 등장하여 오직 목숨을 건지는 것만이 긴급한 과제가 되었을 때 이제까지의 미적 판단 기준은 의미를 상실한다. 물그림자라는 가상의 세계에 빠져 있던 사슴은 사자의 공격으로 갑자기 현실 세계로 끌어내어진다. 이제 사슴은 한가하게 자신의 그림자를 바라보며 품평을 하고 있을 여유가 없다. 무조건 달아나야 하고 이제 믿을 것은 다리밖에 없다. 사냥개조차 뿔로 대적하기를 두려워하는 사슴으로서는 다른 선택의 여지가 없는 것이다. 반면 아름다운 뿔은 이처럼 중대한 위기 상황에 직면해서는 무용지물일 뿐만 아니라, 오히려 도주를 가로막는 치명적인 위험 요소가 된다. 뿔이 나뭇가지에 걸린 사슴은 속수무책으로 죽음을 기다리면서, 너무 볼품이 없어서 큰 흠결이라고 여겼던 가는 다리의 진정한 가치를 뒤늦게 깨닫는다. 뿔과 다리의 가치는 이야기의 전개 과정에서 완벽하게 전도된다. 그것은 가치판단의 기준이 바뀌었기 때문이다. 뿔과 다리의 가치는 '보기 좋은가'라는 미적인 기준이 아니라 '생존에 도움이 되는가'라는 실용적 기준에 따라 판단된다.

그렇다면 「샘물가의 사슴과 사자」는 미적 가치와 실용적 가치 사이의 괴리를 지적하고, 더 나아가서 미적 가치의 허망함이나 실용적 가치의 우선성을 주장하는 여러 다른 이솝우화와 맥을 같이한다. 더운 여름날 즐겁게 노래를 부른 매미와 겨울의 생존을 대비하여 땀을 흘린 개미의 이야기도 미적인 가치와 실용적인 가치의 대립을 근간으로 한다. 「농부와 나무」라는 우화도 이런 맥락에서 읽을 수 있다. 농부가 열매를 맺지 못하게 된 나무를 베어버리려 하자, 보금자리를 잃게 된 참새와 매미가 찾아와 나무를 베지 말아달라고 애원한다. 그래야 자신들이 나무에 계속 살면서 노래로 농부에게 기쁨을 줄 수 있다는 것이다. 그런 애원에도 농부는 아랑곳하지 않고 도끼질을 하는데, 이때 나무에 구멍이 나면서 벌 떼와 꿀이 나온다. 농부는 도끼를 던져버리고 나무를 잘 돌보기 시작한다. 참새와 매미의 노래가 아니라, 맛있는 꿀이 농부의 마음을 움직인다. 농부에게 나무의 가치는 역시 열매나 꿀처럼 영양가 있는 것에 있다.

이러한 우화들은 서양 근대 문화가 미를 유용성과 대비되는 자기 목적적 가치로 정의하고 이에 근거하여 예술을 삶의 실제적 필요 너머에 있는 자율적 영역으로 구축하기 훨씬 전인 고대 세계에서 이미 아름다움과 생존의 필요성 사이의 근본적인 괴리가 인식되었다는 것을 보여준다. 물론 매미의 노래를 의미 없는 게으름으로 폄하하고 먹고 살 것을 장만하는 개미의 노동을 중시하는 우화의 입장은 아름다움과 예술을 유용성보다 더

고차적인 가치로 보는 근대 낭만주의 이념과 정면으로 충돌한다. 그러나 이솝우화든, 낭만주의든, 미와 유용성 사이에 첨예한 대립 구도를 설정한다는 점은 같다.

그런데 매미는 시급한 생존의 문제를 도외시하면서 놀기만 한 것일까? 만일 매미가 우화「매미와 개미」를 들었다면 매우 억울해했을 것이다. 매미는 괜히, 심심해서, 편안하게 노래나 하고 있는 게 아니기 때문이다. 수매미는 암매미를 불러들여 짝짓기를 하기 위해 우는 것이다. 매미의 노래는 번식을 위한 것이고, 노래하는 매미는 자신의 존재를 다음 세대로 연장하는 가장 중요한 작업을 위해 온힘을 다하고 있는 것이다. 매미를 대책 없는 느긋한 가수로 이해하는 것은 과도한 의인화의 결과일 뿐이다.

새들은 왜 노래하는가? 아름답게 노래하는 새들은 대개 몸집이 매우 작다. 그 작은 새들이 낭랑한 고음을 내기 위해 엄청난 에너지를 소모하는 것은 사람의 한가로운 휴식에 즐거움을 보태주기 위한 것이 아니다. 새들은 노래로써 구애 행동을 하는 것이고, 그 행동의 의미 역시 번식을 통한 생존의 연장에 있다.

사슴의 뿔도 겉만 화려하고 생존에 도움이 되지 않는 불필요한 기관이 아니다. 사슴의 크고 여러 갈래로 뻗은 아름다운 뿔은 사슴의 강인함과 성적인 왕성함을 나타낸다. 뿔은 암컷을 차지하기 위한 수사슴끼리의 대결에서 중요한 역할을 하며, 암컷을 향해 강력한 매력을 발산한다. 그러니까 「샘물가의 사슴과 사자」 역시 「매미와 개미」와 마찬가지로 자연에 대한 일면적 관찰을 인간 중심적으로 해석하여 만들어낸 이야기인 셈이다. 그렇다면 자연에는 쓸모없는 것이란 없고 아름다움 역시 유용성의 일부이며, 다만 위의 우화들은 인간의 삶에 존재하는 미와 유용성의 대립을 자연에 투영한 것일 뿐이라고 할 수 있지 않을까?

그런데 흥미로운 것은 우화 작가도 아닌 생물학적 진화론의 창설자 찰스 다윈도 동물 세계를 관찰하며 미적 가치와 실용적 가치의 괴리를 발견하고 고심했다는 사실이다. 다윈의 이론에 따르면 생명체의 진화는 생존을 위한 적응의 결과여야 한다. 자연에 잘 적응한 것만이 살아남기에 자연선택이라고 한다. 그런데 어떤 동물들은 생존에 불리한 방향으로 진화가 일어난 것 같은 인상을 준다. 공작의 화려한 깃과 긴 꽁지가 그 대표적 예다. 깃을 활짝 편 공작의 모습은 정말 인상적이지만, 그러한 호사스러운 아름다움을 위해서 공작은 적에게 잘 노출되고 날렵하게 도망가지도 못하는 단점을 감수한 것처럼 보인다. 자연선택의 원리가 제대로 작동했다면 그런 불리한 방향으로 진화가 이루어졌을 리가 없다. 이 문제를 해결하기 위해 다윈이 고안한 것이 성선택 이론이다. 화려한 깃을 가진 수컷이 살아남은 것은 그 아름다움에 끌리는 암컷의 성선택의 결과로 해석된다. 그러한 암컷의 취향은 화려한 깃을 가진 수컷에게 더 많은 번식의 기회를 제공하기에, 환경에의 적응이라는 자연선택과는 다른 방향의 진화가 가능했다는 것이다. 아름답게 노래하는 새들, 아름다운 뿔을 가진 사슴도 이러한 성선택 이론으로 설명될 수 있다. 그 아름다움은 개체의 생존을 위한 적응이라는 견지와는 무관하거나 오히려 그것에 역행하는 면이 있지만, 암컷의 성선택에 따른 번식의 이점이 그러한 단점을 상쇄하고도 남음이 있었다는 것이다. 숲에서 멋진 뿔이 나무에 걸려 죽음을 초래하는 일이 실제로 없는 것은 아니지만, 이는 전체적으로 뿔이 번식에서 가지는 이점에 비하면 작은 위험이라고 할 수 있다.

　여기서는 성선택이 진화의 경향을 결정하는 제2의 독립적인 원리로 간주된다. 그것은 암컷이 수컷을 선택할 때 자연선택, 즉 환경에의 적응성과는 무관한 독자적 기준에 따라 판단한다는 것을 의미한다. 암컷은 생의 직접적 필요와 무관하게 작용하는 미적 감각과 취향을 가진 주체로 나타난다. 수컷이 암컷에게 배우자로 선택되어 번식에 성공할 가능성은 얼마나 생존에 유리한 특성을 지니느냐가 아니라 얼마나 아름다운가에 달려 있다.

다윈의 성선택 이론은 수컷 공작의 화려한 깃과 그 아름다움을 뽐내는 행동이 자연선택이라는 진화론의 일반 원리로 설명될 수 없다는 난점을 제거하기 위한 것이었지만, 문제의 완전한 해결책을 제공한 것은 아니었다. 왜 수컷 공작이 생존의 효율성보다 아름다움을 추구하느냐라는 최초의 문제는 성선택에서의 이점을 통해 해명되었을지 몰라도, 이는 다시 왜 암컷 공작은 진화의 일반 법칙에 역행하여 잘 살 수 있는 수컷보다 아름다운 수컷에 더 끌리는가라는 질문을 불러일으킬 수밖에 없기 때문이다. 암컷의 취향에는 어떤 진화론적 근거가 있는가? 다윈은 이 질문을 접어둔 채 암컷의 미적 취향을 하나의 독립 변수로 설정함으로써 우화 작가들처럼 아름다움과 유용성 사이의 문화적 대립을 자연계에 투영하는 듯한 결론에 도달한다.

현대의 진화론은 암컷의 미적 취향, 즉 성선택의 성향 자체를 자연선택 과정에서 일어난 적응의 결과로 해석함으로써 이론적 통일성을 회복할 수 있었다. 이에 따르면 아름다움은 왕성한 생명력의 지표이며 아름다움을 향한 선택은 건강한 수컷을 통해 더 잘 생존할 수 있는 후손을 얻기 위한 현명한 선택이라는 것이다. 이렇듯 미적 취향이 자연선택을 통해 획득된 분별 능력이라면 암컷의 성선택은 독자적인 진화의 원리가 아니라 더 큰 자연선택의 원리가 낳은 결과일 뿐이다. 이때 유용성과

미, 생존과 아름다움 사이에 근본적 괴리가 일어날 가능성도 원칙적으로 부정된다.

그러나 자연선택과 나란히 생존의 필요와 무관한, 심지어 그것에 역행하는 미적 취향과 성선택이 진화의 과정에 영향을 줄 수 있다는 다윈의 생각이 완전히 극복된 것은 아니다. 1930년에 영국의 통계학자 로널드 피셔(Ronald Aylmer Fisher)는 다윈의 이론을 뒷받침하는 정교한 이론적 모델을 제시한다. 피셔의 가설에 따르면 어떤 이유에서든 일단 암컷들의 여러 취향 가운데 어느 하나가 상대적으로 우세한 지위를 점하게 되는 순간부터, 그 취향과 그것에 적합한 수컷의 특질은 점점 더 강화되고 지배적으로 된다. 이를테면 화려한 깃털에 대한 취향을 가진 암컷이 많아지면, 그들이 집중적으로 화려한 깃털을 가진 수컷과 짝짓기를 하고, 그들이 결합하여 낳은 새끼들이 집단 내에서 가장 많은 수를 차지하게 된다. 이제 이 많은 새끼들은 화려한 깃털을 선호하는 취향 유전자와 화려한 깃털을 만들어내는 장식 유전자를 동시에 가진다. 그래서 암컷일 경우에는 화려한 깃털에 대한 취향이, 수컷일 경우에는 화려한 깃털이 발현된다. 화려한 깃털 취향이 퍼질수록 다른 취향, 이를테면 수수한 깃털 취향이 살아남을 수 있는 여지는 줄어든다. 소수 취향에 따른 성선택을 하는 암컷이 여전히 있다면, 그 암컷의 '아들'은 일반적으로 통하는 매력을 지니지 못하기에 암컷의 선택을 받는 데 실패할 것이다. 화려한 깃털은 점점 더 유행하고, 성선택을 향한 수컷들의 화려한 깃털 경쟁은 점점 더 높은 수준에서 전개된다. 수컷의 장식과 암컷의 취향 사이에 긍정적 되먹임 고리가 만들어지면서 진화의 과정은 자연선택의 논리에서 독립적인 메커니즘을 따라 급속도로, 가히 폭발적으로 전개된다.[12]

낭만주의적 이념에 익숙한 문학자로서는 아름다운 것과 건강한 것(실용적인 것)이 서로 안정적으로 묶여 있다는 정통적 자연선택의 이론보다는 먹고 먹히는 비정한 적자생존의 논리 저편에서, 사랑을 둘러싼 경쟁 속에 엄청나게 화려한 깃의 아름다움을 향해 질주하는 위태로운 과정이 진행되고 있다는 다윈-피셔의 생각이 훨씬 더 매혹적으로 느껴진다. 그렇게 본다면 아름다운 큰 뿔이 나뭇가지에 얽혀 죽음에 이르는 비운의 사슴에 관한 우화는 자연에 빗댄 인간의 이야기일 뿐만 아니라 자연 그대로의 이야기이기도 할 것이다.

현재와 미래

「어부와 멸치」

어부가 던진 그물에 멸치 한 마리가 걸려들었다. 멸치는 자기가 지금은 너무 작으니 일단 놓아달라고 어부에게 애원했다. 자기가 나중에 더 커졌을 때 잡는 것이 어부에게도 훨씬 더 큰 이득이 되리라는 것이었다. 그러나 어부는 코웃음을 치며 대꾸한다. "불확실한 희망 때문에 손에 들어온 것을 버리라고?"

이솝우화에는 현재와 미래의 긴장 관계에 대한 이야기들이 많이 있는데, 「어부와 멸치」도 그중의 하나다. 멸치는 어부에게 미래에 대한 희망을 불어넣어서 현재의 위기를 벗어나려 한다. 그러나 어부는 냉정하다. 멸치가 자라서 순순히 자기 손에 돌아올 거라는 환상을 품지 않고(게다가 멸치가 자라봐야 얼마나 더 자랄까), 손 안에 확실하게 들어온 새끼 멸치를 선택한다.

어부처럼 현명한 판단을 하지 못해서 낭패를 본 것은 늑대다. 늑대가 잠든 개를 덮쳤는데, 개는 자기가 너무 비쩍 말라서 먹을 것이 없으니, 조금 기다렸다가 다시 오시라고 설득한다. 며칠만 지나면 주인 집 결혼식이 있고, 개도 그때 많이 얻어먹고 살을 더 찌울 것이기 때문이다. 늑대는 그 말에 혹해서 결혼식이 지나기를 기다렸다가 다시 개를 찾아간다. 그러나 이번에 개는 늑대를 피해 지붕 위에서 자고 있었다. 늑대를 보자 개는 말한다. "다음에는 내가 문 앞에서 자고 있는 걸 보거든, 다신 결혼식 같은 건 기다리지 마." 늑대는 더 나은 미래에 대한 허황된 기대에 정신이 팔려 운 좋게 굴러 들어온 먹잇감을 놓치고 만다.

어부와 늑대의 선택은 상반되지만, 두 우화가 전하는 교훈은 동일하다. 불확실한 미래를 위해서 지금 가진 것을 포기하지 말라는 것이다. 여기서 현재와 미래는 확실성과 불확실성의 대립 구도에 배치된다. 미래는 커 보이지만 신기루 같은 것이고 현재는 보잘것없어 보일진 모르지만 실체적이다. 그러므로 현재를 선택하는 사람은 현실 감각을 지닌 견실한 생활인의 유형에, 미래를 선택하는 사람은 투기적이고 비합리적인 모험가의 유형에 속한다. 여기서 올바른 것은 현실적이고 실질적인 생활

현재와 미래: 「어부와 멸치」

인의 유형이다. 미래는 어떻게 될지 알 수 없다. 미래는 아무것도 보장해주지 않는다. 지금, 여기 손에 쥘 수 있는 것을 잡아라.

그런데 어떤 이솝우화에서는 현재와 미래의 가치가 완전히 전도된다. 「매미와 개미」, 「개미와 쇠똥구리」가 그 좋은 예다. 개미는 여름에 열심히 먹을 것을 모아서 겨울철에 먹을 양식을 장만한다. 반면에 매미는 노래만 부르며 여름을 즐겁게 보내고, 쇠똥구리는 동물들이 모두 일을 쉬고 편안히 있을 때 개미가 땀 흘려 일하는 모습을 보고 놀란다. 하지만 겨울이 되었을 때 매미는 개미에게 구걸하는 신세가 되고 쇠똥구리 역시 쇠똥이 없어서 주린 배를 안고 개미를 찾아간다. 개미가 미래의 생존을 위해 현재의 안락을 포기했다면, 반대로 매미와 쇠똥구리는 현재의 편안함과 즐거움을 포기할 줄 몰랐고, 그 결과 미래가 현실이 되었을 때 생존의 위기에 빠지고 만다. 여기서는 미래를 생각하며 현재의 욕망을 참고 견뎌내는 사람이야말로 합리적이고 견실한 삶을 사는 사람이고, 현재에 몰입하여 앞으로 무슨 일이 있을지 아예 잊어버리는 사람은 무책임하고 비합리적인 성격인 것처럼 그려진다. 개미나 늑대나 미래를 위해 현재를 포기하는 것은 같은데, 왜 늑대는 어리석은 것이고 개미의 행동은 성공적 삶을 위한 본보기로 제시되는가?

어떻게 보면 인간의 삶은 현재와 미래 사이의 끊임없는 저

울질이라고 할 수 있다. 현재 주어진 것을 편안히 즐기느냐, 아니면 지금 좀 참고 더 나은 미래를 위해 노력할 것인가. 동서고금의 많은 인생 교훈은 미래를 선택하라고 가르친다. 송나라 진종 황제는 「권학문」(勸學文)에서 책 속에 황금 대궐과 온갖 부와 명예가 들어 있으니 열심히 공부하라고 권했고, 그런 생각은 고진감래(苦盡甘來)라는 사자성어 속에도 간명하게 표현되어 있다. 현재의 고통스러운 노력이 미래의 달콤함이라는 것이다. 그래서 잘 참을 줄 안다는 것은 곧 지혜로움의 증거가 된다. 호메로스의 서사시에서 오디세우스가 때로는 참을성이 많은 오디세우스라고 불리고 때로는 현명한 오디세우스라고 불리는 것은 이 때문이다. 그가 트로이 전쟁이 끝난 뒤 온갖 난관을 극복하고 귀향하여 왕좌에 복귀할 수 있었던 것은 무시무시한 거인족 폴리페모스를 속여 넘기는 지략 덕분만은 아니었다. 오디세우스는 지금 여기의 행복을 약속하는 모든 유혹을 거부하고 힘들고 위험한 항해에 나설 수 있는 참을성이 있었기에 결국 집에 돌아올 수 있었던 것이다. 즉각적 보상을 충동적으로 취하지 않고 미래의 더 큰 보상을 기다릴 줄 아는 것이 성공적 삶을 위한 중요한 성격 자질임을 증명했다는 그 유명한 스탠퍼드 대학의 '마시멜로 실험'도 이 오래된 지혜에 과학의 외피를 입힌 것에 지나지 않는다.

현재와 미래: 「어부와 멸치」

고진감래 혹은 지연된 보상의 원리는 인류 문명의 근간을 이룬다. 인간이 눈앞에 있는 것을 즉각 잡아먹는 삶에서, 씨앗을 뿌리고 가축을 길러 오래오래 먹을 수 있는 식량을 장만할 수 있는 삶으로 전환한 때부터, 노력과 보상 사이에는 시간적 간격이 발생했고, 당장의 보상이 없는 긴 시간 동안 괴로운 노동에 매진할 수 있는 성실성, 곡식이 때가 되어 무르익을 때를 기다릴 수 있는 참을성이 중요한 성격적 자질로 요구된 것이다. 고진감래는 농부의 세계관이다. 여름에 땀 흘려 일하고 그렇게 장만한 먹을거리로 겨울을 무사히 나는 개미는 농부의 의인화다.

그렇다면 왜 어부가 크게 자라서 돌아오겠다는 멸치의 약속을 받아들일 수 없었는지도 이해할 수 있을 것이다. 고대의 어부는 농업 경제의 원리를 따르는 양식업과는 거리가 멀다. 어부는 수렵 채집 경제에 속한 인간이다. 수렵 채집 경제의 핵심은 손에 들어온 것을 바로 취한다는 데 있다. 손에 들어온 멸치를 놓아주면, 멸치는 이미 그의 통제를 벗어난다. 바다를 돌아다니는 물고기가 아무리 크다 한들, 그물에 잡힌 작은 물고기만큼 가치가 있는 것이 아니다. "손 안에 있는 참새가 지붕 위의 비둘기보다 낫다"(A sparrow in the hand is better than a pigeon on the roof)라는 영어 속담이 말하는 바도 바로 그것이다. 그러므로 커서 돌아오겠다는 멸치의 약속을 믿고 손에 잡힌 멸치를 포기하는 것은 지혜로운 참을성이 아니라 가늠할 수 없는 미래에 매달리는 어리석음일 뿐이다.

늑대가 바로 그런 어리석음에 빠져들었다. 주인집의 결혼식 이후에 개가 더 살쪄 있을 것이라고 믿고 기다린 늑대는 사냥꾼으로서의 본분을 망각하고, 스스로를 인간 같은 가축 사육자라고 착각한 것이다. 늑대는 개보다 힘이 세서 개를 일단 붙잡기만 하면 잡아먹을 수는 있지만, 개의 주인이 아니기 때문에 개를 지속적으로 통제하고 관리할 수는 없다. 개를 살찌워서 잡아먹는다는 늑대의 꿈은 물거품처럼 꺼져버린다.

사냥꾼인 늑대가 가축의 사육자처럼 현재 대신 미래를 선택했다가 낭패를 겪었다면, 「갈까마귀와 여우」라는 우화에서는 굶주린 갈까마귀가 채집 경제에 속해 있으면서도 마치 농부가 된 것 같은 착각에 빠지는 바람에 여우에게 조롱을 당한다. 갈까마귀는 무화과나무에 앉았다가 무화과가 아직 익지 않은 것을 보고, 무화과가 익을 때까지 기다리기로 한다. 말하자면 곡식이 익기를 조용히 기다리는 농부의 제스처를 취한 것인데, 문제는 굶주린 갈까마귀에게 농부 같은 시간적 여유가 없다는 것이다. 지나가던 여우가 갈까마귀가 나무에 가만히 앉아 있는 까닭을 듣고 이렇게 말한다. "희망은 속일 줄은 알아도 배를 채워주지는 않는다네." 갈까마귀는 오곡이 익기를 기다릴 것이 아니

현재와 미래: 「어부와 멸치」

라 당장 익은 열매를 찾아다니며 배를 채워야 한다. 갈까마귀의 삶은 농부의 삶과 달리 장기적 시간적 질서 속에 있지 않기 때문이다.

미래를 위해 현재를 포기한다는 고진감래 혹은 '지연된 보상'의 세계관은 인간이 미래를 통제하고 장기적으로 삶을 계획할 수 있게 된 시대의 산물이다. 미래란 언제나 불확실하며 그 누구도 예측할 수 있는 것이 아니라고는 하지만, 그래도 인류 문명의 바탕에는 인간이 미래를 어느 정도 확실하게 통제하고 장악할 수 있다는 믿음이 깔려 있다. 계절과 천체의 변화에 대한 세밀한 관찰과 정확한 달력의 제작은 미래를 예측하고 관리하기 위한 것이었으며, 농업 경제의 발전과 긴밀한 관계가 있다. 농사짓기처럼 미래에 창출될 가치를 위해 현재의 고통을 감내하는 노동이 의미를 지니려면 미래에 대한 기대가 허황된 것이 아니어야 한다.

인류는 우선 농업을 통해 미래를 통제하고 아직 현실화되지 않은 미래의 가치를 위해 살아가는 생활양식을 발전시켰으며, 따라서 농업 경제의 기반 위에서 발전한 사회적 제도와 관습도 고진감래라는 농업적 시간 구조에 따라 구축되었다. 인류 문명은 농업 생산 과정뿐만 아니라 모든 사회적 삶의 차원에서 안정되고 질서 있는, 그래서 예측 가능한 시간의 흐름을 창조하기 위해서 노력해왔다. 인간의 삶이 탄생에서 죽음에 이르기까지 교육/직업/노후와 같이 어느 정도 예측 가능하게 구조화된 것이 이에 대한 하나의 예증이라고 할 수 있다. 사람들이 상당기간 동안 많은 노력과 비용을 투입하여 교육 과정에 매달리는 것은 그것이 장차 삶의 필수불가결한 기반이 될 것이라는 강한 믿음이 있기 때문이다. 젊어서 열심히 일하고 노후에 연금을 받으며 살아가는 삶은 여름에 땀 흘려 일하고 그때 모아놓은 것으로 겨울을 나는 농부-개미의 모습을 연상시킨다. 견실하게 운영되는 연금 제도는 사람들로 하여금 미래를 위해 지금의 소비를 줄이는 데 동의하도록 만든다. 제도적으로 보증된 구속력 있는 약속과 이에 대한 신뢰를 바탕으로 통제할 수 있고 예측 가능한 미래의 시간이 사회적으로 구성되고, 이에 따라 현재의 노력으로 미래의 보상을 기다리는 고진감래의 원리가 삶의 모든 국면에서 관철된다.

전반적으로 제도적 안정성이 미약하고 사회적 신뢰가 낮은 사회에서는 미래의 불확실성도 커진다. 때로는 다양한 요인으로 사회의 급격한 변화가 일어나면서, 지금까지 사회적 제도와 질서를 통해 보장된 것처럼 보였던 미래의 가능성이 허물어지기도 한다. 이때 고진감래의 세계관은 설득력을 잃는다. 그 결과 미래에 대비하기 위해 현재를 기꺼이 희생하려는 동기는 약화되고, 내일은 알 수 없으니 순간순간 주어진 것을 챙기고 소모하는 것이 더 현명하다는 사냥꾼의 세계관이 득세하거나, 극히 불확실해진 미래를 향해 비합리적인 희망을 품고 현재를 내던지는 모험적 투기가 성행하기도 한다. 현 시대는 분명 그런 조짐을 보이고 있다. 디지털과 AI로 대표되는 테크놀로지의 급격한 발전이 전통적인 산업과 경제의 패러다임을 파괴하면서, 교육과 직업의 연관 관계가 점점 느슨해지고, 인간 노동의 가치가 장차 어떻게 평가될지도 매우 불투명한 상황이기 때문이다. 여름에 땀 흘리며 차곡차곡 쌓아둔 것으로 평안한 겨울을 즐기던 농부-개미의 시대도, 급격한 산업화 과정에서 휴식을 모르고 분주하게 일하던 일개미의 시대도 지나버린 듯하다. 그래서 일밖에 모르던 개미도 주식에 매달려 있는 투기 개미로 변종한 것이 아닐까.

믿음을 상실한 세계

「불가능한 일을 약속한 남자」

어떤 가난한 남자가 병이 위독해져서, 의사들도 치료를 포기하는 지경이 되었다. 그러자 그는 신들에게 기도하면서 건강을 회복하면 헤카톰베(본뜻은 신에게 제물로 바치는 100마리의 소이다. 많은 제물을 의미한다)를 바치겠다고 서약했다. 아내가 의아해하며 당신이 무슨 돈이 있어서 그런 서약을 하느냐고 걱정스레 묻자, 그는 이렇게 대답했다. "당신은 신들이 내게 그런 제물을 청구할 일이 있을 거라고 믿소?"

「불가능한 일을 약속한 남자」라는 제목의 이 우화는 어처구니없을 만큼 앞뒤가 맞지 않는 주인공의 말과 행동이 헛웃음을 유발한다. 웃음을 촉발하는 것은 남자의 기도와 그 기도에 대해 남자 자신이 거는 기대 사이의 모순이다. 우화 속의 남자는 신을 진심으로 믿지 않는 사람이다. 그는 의사들이 손을 놓아버린 자신의 위중한 병을 신들이 낫게 해줄 수 있다고 생각하지 않는다. 그렇다면 왜 신들에게 기도하고 많은 제물을 바치겠다고 서약한단 말인가?

이솝우화에는 신들을 우스꽝스럽게 묘사하는 불경스러운 이야기가 매우 많다. 허영심 많은 헤르메스는 자신이 얼마나 사람들 사이에서 존경받고 있는지 확인하기 위해 신분을 감추고 조각상을 파는 가게에 가서 헤르메스 신상의 가격을 물어보았다가 "그건 제우스와 헤라의 신상을 다 사시면 덤으로 드리리다"라는 주인의 대답을 듣고 나온다. 「신상(神像)을 파는 사람」이라는 우화에서는 어떤 남자가 헤르메스 신상을 팔려고 시장에 나와 '이 신상을 가지면 큰 행운이 찾아온다'고 외친다. 그러나 그의 주장은 다른 사람들의 의심을 살 뿐이다. "그렇게 좋은 신상을 왜 팔려 하시오?" 하고 누가 물었을 때, 남자는 이렇게 둘러댄다. "나는 급하게 도움이 필요한데, 신은 서두르시는 법이 없기 때문이죠." 신보다는 돈이 빠르고 확실한 복이다. 신상을 깨뜨리는 남자의 이야기도 있다. 한 남자가 나무로 된 신상을 모시며 가난에서 벗어나게 해달라고 간절히 기도했으나 집

안 형편은 점점 더 악화되어갈 뿐이었다. 어느 날 화가 난 그는 신상을 내동댕이쳤는데, 신상의 머리가 깨지면서 돈이 쏟아져 나왔다. 그는 신의 권능에 힘입어 행운을 얻지 못하고 신을 부수고서 행운을 얻는다.

이런 우화들이 보여주는 세계는 신들이 신성하고 절대적인 권위와 힘으로 인간의 운명을 좌지우지하는 서사시적 세계나 비극적 세계에서 아주 멀리 떨어져 있다. 이솝우화에서는 미련한 당나귀뿐만 아니라 신들도 얼마든지 조롱의 대상이 된다. 그런 면에서 이솝우화는 세속적이고, 희극적이며, 패러디적인 장르다. 「재판장 제우스」라는 우화에서 최고신 제우스의 심판은 번개의 신이라는 그의 명성과 어울리지 않게 상당히 관료적인 방식으로 이루어진다. 제우스는 도편추방제[ostracism]의 관리자로 나타난다. 헤르메스가 도기 조각(오스트라콘)에 사람들의 잘못을 적어 나무 상자에 넣어두면 제우스가 그걸 보고 판결을 내리는 식이다. 그런데 어느 날 상자가 쓰러져 도기 조각들이 뒤죽박죽이 되었다. 그 결과 제우스가 재판 순서를 알 수 없게 되었고, 그것이 악행을 저지르고도 벌을 받지 않고 다니는 사람들이 세상에 존재하는 이유라는 것이다. 이 우화는 카프카의 탈신화적 단편 「포세이돈」과도 비교할 만하다. 여기서 바다의 신 포세이돈은 파도를 타고 삼지창을 휘두르는 용맹한 신이 아니라 전 세계의 물 관리를 위해 심해에 틀어박혀 온종일 수량(水量) 계산에만 매달리는 사무적 존재로 등장한다.

「불가능한 일을 약속한 남자」에서도 신의 권위는 추락할 대로 추락한 상태다. 이 이야기의 주인공은 신의 힘을 전혀 믿지 않는다. 그는 자신이 건강을 회복할 가능성이 없다는 의사들의 판단을 믿을 뿐, 신들이 이를 돌이킬 수 있으리라고 생각하지 않는 것이다. 그러면서도 신에게 제물을 바치겠다고 서약하고 소원을 말하는 것은 심각한 자가당착으로 보인다. 그러나 그의 기도와 서약조차 실은 신을 무시하고 조롱하는 마음에서 나온 것이어서, 그의 태도에는 오히려 고도의 일관성이 있다고 할 수 있을 것이다. 왜 그런가?

남자의 서약은 진지하지 않은 서약, 스스로 지킬 수 없을 것임을 알고 한 서약이다. 그가 그런 불가능한 약속을 하는 것은 그 약속을 지켜야 할 상황이 오지 않을 것임을 잘 알고 있기 때문이다. 말하자면 그는 '당신이 나를 살리는 기적을 일으킬 수 있다면 나 같은 가난뱅이도 헤카톰베를 바칠 수 있겠소'라고 당돌하게 신에게 말한 것이다. 신에게 불가능한 약속을 하는 것은 신의 권능에 대한 불신의 다른 표현이며, 무능한 신을 향한 도발이다. 아내는 그런 속셈을 파악하지 못하고, 남편이 건강을 회복한 뒤에 파산할까, 약속을 못 지켜 신에게 벌을 받지 않을까 두려워한다. 아내는 아직 과거의 신앙에 붙들려 있다.

병든 남자가 신을 가볍게 여긴다는 또 하나의 징조는 그가 신에게 헤카톰베를 바치며 기도하는 것이 아니라 건강 회복을 헤카톰베에 대한 조건으로 내건다는 점이다. 신이 먼저 병을 고쳐주면 그다음에 제물을 바치겠다는 것이다. 신과 흥정을 벌이는 듯한 태도다. 그가 설사 약속을 이행한다고 해도 이는 제대로 된 헤카톰베라고 할 수 없다.

제대로 된 헤카톰베란 어떤 것인가? 호메로스의 『일리아스』에서 나오는 헤카톰베의 예를 살펴보자. 그리스 군 총사령관인 아가멤논 왕은 아폴로 신의 사제 크뤼세스에게서 딸 크뤼세이를 빼앗았다가 아폴로 신의 노여움을 산다. 아폴로는 그리스 군 진영에 역병을 보내고, 사태를 감당할 수 없게 된 아가멤논은 결국 오디세우스에게 명을 내려 크뤼세이를 아버지에게 데려다주게 한다. 오디세우스는 아폴로 신에게 역병을 거두어달라는 의미에서 헤카톰베를 바친다. 물론 크뤼세이를 돌려주는 것으로 역병에 대한 조치는 충분하다고 할 수 있지만, 신을 분노하게 한 잘못을 용서해달라는 의미에서 헤카톰베까지 바친 것이다. 이처럼 신의 마음을 돌리고 신에게서 뭔가 원하는 결과를 얻어내고자 할 때는 겸허하게 기도하고 정성스레 마련한 제물을 먼저 바쳐야 한다.

오디세우스의 헤카톰베와 비교해보면, 신이 건강을 회복시켜주는지 보고 그때 가서 제물을 바치겠다는 남자의 기도는 지극히 불경스럽다. 설사 병든 남자가 진지한 마음으로 헤카톰베를 약속한 것이라 해도 이는 신에게 모욕적인 제안일 수밖에 없다. 신이 먼저 약속을 이행하고 인간이 그 대가로 제물을 바치는 관계는 있을 수 없다. 제물은 후불제가 아닌 것이다. 신이 뜻하지 않게 내려준 은혜에 대해 감사의 뜻을 표하기 위한 제물이 아니라면, 제물은 언제나 선불(先拂)로 바치는 것이다. 즉 인간이 먼저 신에 대한 의무를 이행하고 신이 이에 반응하여 인간의 소망을 들어주는 것이 제대로 된 순서다. 교환관계에서 권위와 권력은 나중에 지불하는 자에게 있다. 인간에게서 먼저 액션을 취할 것을 요구받는 신은 이미 인간에 대한 우월적 지위를 상실한 신이다.

그런데 신이 무력해진 세계에서는 인간이 먼저 나서서 성심껏 제물을 바치는 것도 신을 궁지에 몰아넣는 행동이 될 수 있다. 이를 보여주는 것이 「반신(半神)」이라는 우화다. 어떤 남자가 집에 반신(부모 가운데 한쪽이 신인 존재)의 상(像)을 모시면서 제물을 풍성하게 바쳤다. 제물을 바치는 데 재산을 과도하게 들이자 밤에 반신이 그에게 나타나 이렇게 말했다. "이제 돈을 그만 낭비하게. 다 쓰고 나서 가난해지면 자네는 나를 탓할 게 아닌가." 반신은 남자가 바치는 제물이 흡족하기는커녕 부담스러울 뿐이다. 제물은 공짜가 아님을 알기 때문이다. 남자의 제물은 신에 대한 경배의 표현이 아니라 모종의 대가에 대한 요구로 여겨진다. 반신으로서는 남자에게 해줄 수 있는 것이 없으므로, 남자가 제물을 바칠수록 남자에게 갚을 빚만 늘어가는 것 같은 난처한 심정이 된다. 인간은 신에게 제물을 바쳐서 뭔가를 이룰 수 있다는 신화적 미망에 빠져 있는데, 정작 신은 그게 다 부질없는 짓이라고, 자기는 해줄 것이 없으니 혼자 알아서 잘 살아보라고 충고한다. 여기서는 흥미롭게도 신이 신을 부정하는 탈신화적, 계몽적 충고를 해주는 주체로 나타난다.

대가를 기대하고 신상에 제물을 바치며 신에게 부담을 주는 사람과 신을 업신여기고 거짓 헤카톰베를 약속하는 사람은 속화된 사회의 두 얼굴이다. 아도르노와 호르크하이머가 『계몽의 변증법』에서 말한 것처럼 신에게 제물을 바치는 행위에는 본래부터 신에게서 인간이 바라는 바를 얻어내려는 교환적 사고가 포함되어 있지만,[13] 그것이 신성한 제의가 될 수 있는 것은 인간에게 은혜를 베풀 수 있는 신의 권능에 대한 존경과 경건한 믿음, 인간의 미약함에 대한 겸허한 자각이 그 바탕에 깔려 있기 때문이다. 제물을 바치는 행위는 지상적 행복의 소망을 동기로 하는 한에서 인간적이고 세속적이지만, 신을 경배하고 신을 향해 상승하고자 하는 정신의 표현이라는 점에서 신성한 것이다.

신이 원하는 것을 이루어주지 않는다고 신상(神像)을 깨버리거나 무리한 제물을 바치며 신을 빚쟁이의 처지로 몰아가는 사람의 우화에서 신성한 제의는 신을 거래와 흥정의 상대로만 생각하는 미신적 교환의 논리로 전락한다. 거짓된 헤카톰베의 약속에는 믿음을 잃고 절망한 자의 냉소만이 맴돈다. 이기적이지만 어리석은 맹신과 깨어 있으되 희망 없는 냉소는 공통의 뿌리를 지닌다. 삶에서 신성한 가치의 차원이 소멸했다는 것, 경건한 믿음으로 숭배할 수 있는 대상이 더 이상 존재하지 않는다는 것이 바로 그 공통의 뿌리다.

자유와 생존

「야생 당나귀와 집 당나귀」

우화 1: 한 야생 당나귀가 양지 바른 곳에서 편안히 쉬고 있는 당나귀를 우연히 보고, 잘 먹어 윤기가 흐르는 그의 몸을 칭찬하며 부러워했다. 그런데 얼마 후 길을 지나다 보니, 일전에 만난 바로 그 당나귀가 무거운 짐을 등에 진 채 주인에게 매를 맞으며 힘겹게 나아가고 있는 것이었다. 야생 당나귀는 이렇게 말한다. "이제 자네가 조금도 부럽지 않네. 편안히 잘 지내는 것에 어떤 대가가 따르는지 알았으니 말일세."

우화 2: 한 야생 당나귀가 짐을 지고 낑낑대고 있는 당나귀를 보고는 조롱하며 일할 필요도 없이 마음대로 돌아다니며 풀을 뜯어먹고 살아가는 자신의 삶에 대해 자랑을 늘어놓았다. 자신에 비해 짐을 나르는 당나귀는 주인을 위해 일을 하면서도 늘 매질을 당할 뿐이고, 먹이도 오직 주인에게만 의지하여 구할 수 있을 뿐이라고 말이다. 이때 사자가 나타나 주인이 지키고 있는 당나귀 대신 혼자 나대는 야생 당나귀를 잡아먹었다.

야생 당나귀와 집 당나귀, 들짐승과 집짐승 사이의 대립은 이솝우화의 중요한 테마 가운데 하나다. 위의 두 우화 가운데 첫 번째 우화의 메시지는 우화 「늑대와 개」에도 들어 있다. 편안히 잘 먹고 사는 개를 부러워하던 늑대가 개의 목줄 자국을 보고 먹을 것을 위해 자유를 버릴 수는 없다고 말하며 떠나는 이야기다. 이 이야기의 다른 버전에서는 같은 교훈을 개가 직접 전해준다. 개는 자신을 부러워하는 늑대에게 목줄 자국을 보여주며 경고한다. "자네는 나 같은 삶을 택하지 말기를 바라네."

이러한 계열의 우화들은 한결같이 들짐승의 자유롭고 자연스러운 삶과 인간에게 묶인 집짐승의 굴종적 삶을 대비시키며, 전자를 찬양한다. 잘 알려진 우화 「시골 쥐와 서울 쥐」도 이와 유사한 세계관을 바탕으로 하고 있다. 서울 쥐는 문명의 혜택을 톡톡히 보면서 풍요로운 삶을 구가하지만 그러한 삶의 향유는 인간에게 잡혀 죽을 수 있다는 항시적인 공포와 결부되어 있다. 시골 쥐는 당연히 마음 편한 시골의 생활을 선택한다.

서울 쥐는 짐을 나르는 당나귀나 사냥개 같은 집짐승은 아니다. 그러나 인간을 피해서 인간과 무관하게 자연 속에서 사는 들짐승도 아니다. 서울 쥐는 인간에게 의존하는 삶을 살아간다. 다만 인간이 그렇게 하도록 길들인 것이 아니라 인간의 의지에 반하여 스스로 인간에게 길들였다는 데 다른 집짐승과의 차이가 있다. 서울 쥐는 인간이 필요로 하는 존재가 아니기에 당나귀나 개처럼 인간에게 혹사당하거나 목줄에 매여 지내거나 하는 신세가 되지는 않는다. 그러나 인간의 의지에 반하여 인간 곁에 머무르는 삶에는 다른 대가가 있으니 언제 죽을지 모른다는 위험이 그것이다. 그런 위험을 감수하고라도 콩과 곡식과 대추야자와 치즈와 꿀과 과일이 있는 풍성한 식탁이 좋다는 것이 서울 쥐의 태도다. 자연 속에서 궁핍하지만 자유롭게 살아가는 시골 쥐는 물론 이를 받아들일 수 없다.

　　이솝우화에서 야생의 삶과 인간에게 예속된 삶의 대비는 동물계에 국한되지 않는다. 어떤 사람이 원예사에게 잡초는 잘 자라고 생기가 있는데, 가꾼 채소는 왜 아무리 물을 주고 돌봐 주어도 약하고 잘 시드는지 물었다. 원예사는 놀라운 답을 준다. 대지의 여신에게 잡초는 친자식이고, 인간이 심은 채소는 의붓자식이기 때문이다. 진정한 생명력은 인간의 손길에서 벗어난 야생 속에 있다는 것을 우화는 말하고 있다.

왜 이런 이야기들이 다양하게 반복되는가? 왜 인간 자신이 지어낸 이야기 속에서 인간에게 의존하거나 인간에게 묶여 봉사하는 삶을 살아가는 집짐승들이, 혹은 인간의 필요에 따라 재배되는 채소가 이렇게 폄하되는가? 인간을 멀리 하고 인간에게 길드는 것을 거부하면서 때로 인간을 공격하기까지 하는 들짐승을 왜 인간은 동경하는가? 개는 인간의 가장 좋은 친구이고 늑대는 철천지원수인데 왜 개처럼 살아서는 안 되고 늑대처럼 살라고 가르치는가?

이솝우화는 많은 경우 동물과 식물이 인간처럼 말을 하는 까닭에 비유적으로 교훈을 전하기 위해 꾸며낸 비사실적 서사 장르라는 인상이 있지만, 헤겔이 『미학 강의』에서 말한 것처럼 많은 이솝우화의 핵심적 내용은 동식물의 삶과 습성에 대한 사실적 관찰에서 유래한 것이다. 헤겔은 예를 들어 세찬 비바람에 떡갈나무가 쓰러지고 갈대는 살아남는 것은 자연계에서 실제로 일어나는 일이고, 여우를 보고 울음소리를 뽐내다가 입에 문 고기를 놓친 까마귀 이야기는 낯선 자를 보면 잘 울어대는 까마귀의 습성에서 유래했다고 지적한다.[14] 옛날 사람들은 자연과 동식물들의 삶을 늘 가까이 접하고 관찰하며 살았고, 그러한 관찰이 인간 자신의 모습을 떠오르게 할 때 우화가 생겨났다. 집짐승과 들짐승에 관한 이야기 역시 마찬가지다. 자유롭고 독립적인 삶을 살아가는 들짐승과 인간에게 길들어 복종하고 복종의 대가로 굶어 죽을 걱정을 하지 않는 집짐승의 대립에서 인간은 인간 자신이 직면한 삶의 문제를 발견한다.

그러면 인간은 들짐승과 집짐승 가운데 어느 편의 위치에서 문제를 바라보는 것일까? 인간은 들짐승인가 집짐승인가? 우화 속에 등장하는 당나귀나 사냥개 같은 집짐승은 인간에게 묶여 부림을 당하는 노예의 삶을 살고 있다. 반면 인간은 자유로운 주체다. 그런데도 인간은 좀처럼 자신을 자유로운 들짐승과 동일시하지 못하고, 오히려 자신이 부리는 집짐승과 비슷한 신세라고 여긴 것 같다. 그렇지 않다면 이렇게 집짐승의 삶을 경고하는 이야기를 많이 지어낼 리가 없다.

동식물을 길들여 인간의 목적에 맞게 이용할 수 있게 된 것은 인간 문화 발전의 결정적 도약을 위한 발판이 되었다. 이를 통해서 인간은 살기 위해 먹을 것이 있는 곳을 찾아다니는 정처 없는 삶에서 벗어나 안정적인 물질적 기반을 확보하게 되었고 부의 축적도 가능해졌다. 이처럼 길들이기는 문화의 본격적인 출발점이지만, 동시에 새로운 구속의 시작이기도 했다. 자기 삶의 기반을 구축하는 자는 역설적으로 자신이 구축한 그 기반에 구속된다. 인간은 농사 지을 땅에 묶이고, 자신이 길들인 식물들을 재배하는 데 묶이고, 집짐승들을 돌보는 데 묶인다. 안정적 삶을 보장하는 물질적 생산의 공동체에 묶이고, 그 공동체가 축적한 부와 그 부를 독점한 자에게 묶인다.

신은 인간을 에덴동산에서 추방하면서 이제부터는 평생 땅을 파고 땀 흘리며 노동해야 살 수 있을 거라고 말한다. 낙원에서의 추방은 먹을 것을 발견하는 시대에서 노동을 해서 먹을 것을 스스로 만들어내는 시대로의 이행을 의미한다. 먹을 것의 생산은 동식물을 길들임으로써만 가능한 일이었지만, 그 길들임, 또는 순화(馴化)의 과정은 누구보다도 인간이 자신의 충동적인 야성을 버리고 스스로를 노동과 속박된 삶에 길들일 것을 요구했다. 인간은 자기 자신을 집짐승으로 길들인 것이다(훗날 나치 우생학자로서 악명을 떨친 오이겐 피셔[Eugen Fischer]는 1914년에 자기순화[Selbstdomestikation]라는 개념을 제안하면서 인간이 스스로 만들어낸 문화적 환경에 적응하는 과정에서 집짐승과 유사한 신체적 변화를 겪었다고 주장한 바 있는데, 이와 유사한 주장은 현대 생물학에서도 새롭게 제기되고 있다).[15]

그렇다면 이솝우화 속에 나타나는 자유로운 늑대에 대한 동경, 수고로운 짐을 지지 않고 천지에 널린 풀을 뜯어 먹으며 살아가는 야생 당나귀의 삶에 대한 동경은 인간이 스스로를 집짐승으로 길들이면서 상실한 야성과 자유에 대한 동경이라고 해석할 수 있을 것이다. 그것은 '인간은 자유롭게 태어났으나 어디서나 사슬에 묶여 있다'라는 루소의 유명한 문장의 고대적 표현인 셈이다.

과연 그러한 자유를 찾는 것이 가능할까? 인간 문화가 보장하는 안정적이고 풍요로운 삶을 포기하고 자연으로 돌아가 인간의 원초적인 자유를 회복한다는 것은 낭만적 꿈에 지나지 않을 것이다. 이미 길든 자에게는 그럴 수 있는 힘도, 진정한 의지도 남아 있지 않다. 자유로운 삶으로 탈출하느냐, 예속된 상태에 안주하느냐는 선택의 문제가 아니다. 애초에 길들지 않았어야 한다. 늑대에게 나처럼 되지 말라고 충고하는 개가 보여주는 것은 스스로 목줄을 끊어버릴 수 없는 길든 자의 체념이다.

그런데 앞에 제시한 두 번째 우화 「집 당나귀와 야생 당나귀와 사자」는 이와는 전혀 다른 입장을 보여준다. 그 이야기에서 길들기를 거부하고 자유로운 삶을 자랑하던 야생 당나귀는 사자의 공격에 죽고 만다. 이제 야생의 자연은 생명의 위험으로 가득한 공간, 인간적, 문화적 보호가 결여된 공간으로 나타난다. 자유에 대한 야생 당나귀의 관점은 그 자신의 운명을 통해 부정된다.

이 우화의 작가는 집짐승인 당나귀의 노동 의욕을 떨어뜨릴 수도 있는 야생에의 동경을 꺾어놓으면서 길들이는 자의 이해관계를 대변한다. 집짐승과 들짐승을 대비시키는 이솝우화의 일반적 입장과 정면으로 충돌하는 이 이야기는 본래 고대 그리스의 이솝우화집에 있던 이야기는 아니다. 그것은 중세에 시리아 정교회의 언어인 시리아어로 된 이솝우화의 판본에 처음으로 실린 우화로서, 기독교적 세계관의 입장에서 본래 이야기의 의미를 뒤집은 일종의 패러디물이다.[16] 노예의 삶을 벗어날 것을 주장한 야생 당나귀가 죽음의 징벌을 받는 것으로 이야기의 결말이 전도된 것은 그러한 독자 노선이 목자와 양 떼의 조화로운 관계를 상정하며 이를 하느님과 인간 사이의 관계에 대한 비유로 삼은 기독교적 상상계와 잘 어울리지 않았기 때문일 것이다.

　코로나 바이러스가 인간에게 옮겨 오면서 시작된 전 지구적 규모의 팬데믹은 자유와 통제 사이, 길들기를 거부하는 독립적이고 자율적인 정신과 안전을 위해 지배에 순응해야 한다는 논리 사이의 갈등을 새삼 절실한 현안으로 만들었다. 무서운 기세로 확산되는 바이러스의 물결 앞에서 개인의 자유를 최대한 존중하는 것을 자랑스럽게 여겨온 자유주의 국가들조차 개인의 몸을 구속하는 다양한 강제 조치를 취했고, 자유를 외치며 봉쇄 조치에 저항하는 시위대를 사자 앞에 선 야생 당나귀의 경거망동으로 몰아갔다. 반대로 코로나 방역 조치를 반대하는 사람들은 백신 접종 의무를 개인의 자기 결정권에 대한 부당한 침해로 간주하면서, 백신이 바이러스의 창궐을 막는 필연적이고 필수적인 대책이 아니라는 주장으로 맞섰다. 국가는 사람들을 외적에게서 보호하기 위해 만리장성을 쌓는다고 하는데, 반대자들은 자유를 가두어 버리는 거대한 장벽만을 본다. 정도의 차이는 있지만 어쨌든 대부분의 나라에서 강력한 통제 정책이 다수의 지지 내지 묵인 속에 실행될 수 있었으니, 인간은 또 한 번의 자기순화에 성공한 셈이다.

나르시시즘의 위험
「키타라 연주자」

서투른 키타라 연주자가 벽에 회칠한 집에서 노래를 불렀는데, 벽이 메아리치면서 목소리가 아주 곱게 들렸다. 그는 자기가 노래를 잘한다고 믿고 무대에 나섰지만 관객들의 야유를 받고 무대에서 쫓겨났다.

메아리는 그리스 신화에서 에코라는 의인적 형상으로 등장한다. 수다스러운 님프인 에코는 헤라의 주의를 다른 데로 돌려 제우스가 바람피우는 것을 돕는다. 속은 것을 안 헤라는 분노하며 에코를 응징한다. 이제 에코는 결코 자기가 먼저 말을 꺼내지는 못하고 남이 하는 말의 뒷부분만 따라하는 신세가 된다.

이처럼 독립적 주체성을 상실한 에코는 나르키소스를 사랑하면서도 사랑을 고백하지 못한다. 에코는 나르키소스를 눈앞에 두고도 그가 꺼내는 말을 불완전하게 반복할 뿐이다. 따라서 대화는 전혀 불가능하고 에코의 사랑은 받아들여지지 못한다. 절망한 에코는 동굴에 숨어 몸을 잃고 다른 사람의 말을 따라 하는 목소리로만 남게 된다.

에코 신화는 고유한 자아의 독립성을 상실한 자의 비극을 이야기한다. 자아 상실의 비극은 사랑의 좌절에서 정점에 이른다. 자아를 상실한 자, 고유성을 지니지 못한 자에게는 진정한 의미의 사랑도 불가능하다. 진정한 사랑은 각자 독립적이고 고유한 인격을 갖춘 타인 사이의 관계에서만 가능한 것이기 때문이다.

에코 신화에서 특히 흥미로운 점은 에코의 사랑을 거절한 것이 나르키소스라는 사실이다. 나르키소스 역시 비운의 주인공이다. 나르키소스는 물에 비친 자신의 모습을 보고 사랑에 빠진다. 그러나 물속의 소년이 실제로 사랑할 수 있는 타인이 아니라 자신의 물그림자에 지나지 않는다는 것을 깨달았을 때, 그는 절망 속에서 죽어간다. 에코의 비극이 자아의 상실에서 왔다면, 나르키소스의 죽음은 자아의 과잉에서 온다. 에코의 경우, 고유한 자아의 상실이 타인과의 만남을 불가능하게 한다면, 나르키소스에게는 자아밖에 없기에 타인에게 이르는 길, 사랑의 길이 끊어지고 만다.

에코의 비극과 나르키소스의 비극은 별개의 이야기가 아니다. 나르키소스의 비극은 이미 에코의 비극에서 예고됐다고 할 수 있다. 자아를 잃은 에코는 나르키소스를 사랑하게 되면서 나르키소스의 그림자, 더 정확히 말하면 나르키소스의 '소리 그림자'가 된다. 나르키소스는 자신의 그림자와 같은 존재에게 구애받은 셈이다. 그는 소리 그림자 에코의 구애를 거절했지만, 공교롭게도 자신의 물그림자를 사랑하게 된다. 그림자의 사랑을 버렸지만 다시 그림자를 향한 사랑에 빠진 것이다. 나르키소스는 자기 그림자를 뛰어넘지 못한 채 허망한 사랑의 숨바꼭질 끝에 절망한다. 그림자와의 사랑, 진정한 타인에게 이르지 못하는 자신과의 사랑은 아무리 벗어나려 해도 벗어날 수 없는 나르키소스의 숙명이다.

자신에 대한 사랑, 자신에 대한 찬미를 의미하는 나르시시즘이라는 말은 나르키소스 신화에서 유래한 것이지만, 이 신화를 액면 그대로 읽으면 나르키소스는 나르시시스트라고 보기 어렵다. 그는 단순히 자신의 말을 복제하기만 하는 에코에게 전혀 관심을 보이지 않는다. 그가 물에 비친 소년에게 사랑을 느낀 것도 소년을 자신의 분신으로 인식했기 때문이 아니다. 오히려 소년을 타인으로 생각했기에 사랑한 것이라고 할 수 있다. 그는 물속의 아름다운 소년이 자신의 그림자임을 알았을 때 나르시시즘적 자기만족을 느끼기는커녕, 오히려 사랑할 수 없다는 사실에 절망한다. 나르키소스 신화에서 나르시시즘은 나르키소스의 성격이나 심리를 통해서가 아니라 자신을 벗어나지 못하는 나르키소스의 비극적 운명을 통해 표현된다.

우화 속의 키타라 연주자는 어떤가? 나르키소스와는 반대로, 키타라 연주자는 회칠한 벽에서 메아리치는 노랫소리가 자신의 목소리임을 알고 있으며, 바로 그러하기에 그 목소리에 매료된다. 그는 전형적인 나르시시스트로, 객관적으로 형편없는 노래를 주관적으로 아름답다고 착각한다. 그는 자아도취 속에서 메아리를 통해 보강된 자신의 목소리에 매혹되고, 자신에 대한 환상을 키워간다. 대화가 불가능하도록 무의미한 반복만 하다 버림받는 나르키소스의 에코와는 달리, 키타라 연주자에게 에코(메아리)는 매혹적인 자아의 분신으로 나타난다. 키타라 연주자는 자신을 똑같이 따라하는 에코를 사랑하며, 에코를 통해 자신의 목소리에 확신을 품는다.

키타라 연주자와 유사한 나르시시스트로서 자신의 그림자를 보고 우쭐해진 늑대가 있다. 늑대는 석양에 길게 늘어진 자신의 그림자를 보고 '내가 이렇게 거대한데 사자가 두려울 게 무엇이냐며 혼자서 큰소리친다. 키타라 연주자의 목소리를 되울려 주는 메아리가 그러하듯 석양의 긴 그림자도 늑대의 자기환상을 부추긴다. 늑대는 나르시시즘적 성향으로 인해 자아를 가상적으로 증대해주는 빛의 현혹에 대해 냉정한 판단을 하지 못한다.

그러나 늑대와 키타라 연주자의 자기 환상은 곧 깨져버린다. 환상에 빠진 자아는 얼마 가지 않아 타인의 세계, 냉엄한 객관적 현실에 부딪히기 때문이다. 뻐기던 늑대는 사자의 먹잇감이 되고, 키타라 연주자는 자신의 고운 목소리를 믿고 무대 위에 올랐다가 망신만 당하고 쫓겨난다. 그림자는 허망한 환영이다. 사자의 이빨 앞에서 늑대는 그림자 없는 작은 몸뚱이로 축소된다. 무대 위에서 가수의 목소리는 메아리 효과의 후광을 받지 못한 채 듣기 싫은 소음으로 전락한다. 나르시시즘적 환상은 자기만의 사적이고 고독한 시공간 속에서만 잠정적으로 존속하며 강건한 타인의 세계에 부딪히는 순간 모래성처럼 무너져버린다. 나르키소스 역시 진짜 현실에 직면해 자신이 오직 자기안에 포획된 존재임을 깨닫는 순간 파괴된다.

우디 앨런(Woody Allen)의 2012년 영화 「로마 위드 러브」(To Rome with Love)에서는 샤워실에서 샤워하는 동안에만 멋지게 노래할 수 있는 장의사 잔카를로가 등장한다. 그는 키타라 연주자의 먼 후예다. 그는 다만 남 앞에 서기를 꺼리는 수줍은 나르시시스트이기에 혼자만의 고독한 노래로 만족한 채 소박한 삶을 살아간다. 그런데 왕년의 오페라 감독인 제리가 사돈이 될 장의사의 집을 방문했다가 샤워실에서 흘러나오는 아름다운 노랫소리에 매료된다. 결국 잔카를로는 제리에게 설득돼 자의 반 타의 반으로 오디션 무대에 서지만, 정작 심사자들 앞에서는 노래를 제대로 부르지 못한다. 그의 노래는 키타라 연주자의 노래처럼 사람들 앞에서 조롱거리가 된다. 낙담해 집에 돌아온 제리가 '샤워할 땐 그렇게 아름다운 목소리인데'라고 의아해하자, 제리의 아내는 비웃듯이 대꾸한다. "당신도 샤워할 때 노래하잖아. 샤워할 땐 누구나 가수지." 그 순간 제리에게 좋은 아이디어가 떠오른다. 샤워부스 자체를 무대 위에 올리는 것이다. 잔카를로는 평소처럼 샤워부스에서 샤워하면서 노래 실력을 뽐낸다. 그는 단숨에 대스타가 된다.

잔카를로의 샤워부스는 키타라 연주자의 회칠한 벽과 유사한 효과를 만들어낸다. 두 경우 모두 벽이 소리를 흡수하지 않고 최대의 반향을 만들어내기 때문에 목소리를 풍부하게 해주고 깊이와 울림을 더해준다. 키타라 연주자가 자기 목소리에 환상을 품게 된 이유다. 그런데 제리는 그러한 환상의 효과 자체를 무대 위에 올린다. 이제 샤워실의 '에코'는 단순히 자기 환상

　　　　　나르시시즘의 위험: 「키타라 연주자」

을 품게 하는 현혹적인 그림자 이상의 의미를 얻는다. 에코는 자아의 불필요한 반복도, 과장된 허상도 아니다. 에코는 자아를 반복함으로써 실질적으로 자아를 강화한다. 에코 효과를 통해 증강된 자아는 타인의 세계에 나가서도 파괴되거나 쓰러지지 않고 오히려 타인을 장악한다. 이솝우화의 근간을 이루던 이분법, 고독한 자아의 주관적 환상과 냉정한 타인들이 기다리는 객관적인 현실 사이의 이분법이 허물어진다. 샤워실 안에만 머물러 있던 자기만족적, 자아도취적 노랫소리가 세상의 빛을 보고 객관적으로 인정받는다. 타인조차 환상을 깨지 못하고 오히려 그 환상에 정복당한다. 나르시시즘은 면역성을 갖춘다.

물론 영화 자체의 맥락에서 샤워부스 에피소드는 평범한 인간과 톱스타 사이의 커다란 간극을 기상천외한 방식으로 뛰어넘는 유머 정도로 이해할 수 있다. 그러나 그것은 어쩌면 오늘의 나르시시즘에 대한 우화로 읽을 수 있을지도 모른다. 많은 유력 정치인이 트위터나 페이스북 같은 매체를 통해 자신의 메시지를 세상에 내보낸다. 트위터는 팔로워들로 에워싸인 공간이다. 트위터러가 발송하는 메시지에 팔로워는 하트 버튼을 눌러주고, 찬동하는 댓글을 남겨주며, 리트위트해준다. 이질적인 타인은 팔로워에서 차단당한다. 트위터러의 마음에 들지 않거나 불편한 내용은 허용되지 않는다. 트위터러와 팔로워의 관계는 서로 다른 타인 사이의 대화적 관계가 아니다. 팔로워는 21세기의 에코들이며, 에코들의 반복과 긍정은 트위터러의 자아를 강화하는 기능을 한다. 트위터러에게 자신의 계정은 스스로 완전히 장악하고 있는 사적 공간이다. 그는 완벽하게 동조할 준비가 돼 있는 팔로워들 사이에서 마음대로 혐오와 차별의 발언을 내뱉거나 자신에게 유리한 정보들을 짜 맞춰 자기 나름의 진실을 만들어낸다. 그런데 트위터러의 메시지는 그 사적 공간 너머로, 타인의 세계에까지 퍼져 나간다. 그런 의미에서 그의 메시지는 사적이면서 공적이다. 샤워실에서 노래하는 동시에 무대 위에 선 잔카를로처럼, 트위터러는 팔로워들의 응원으로 가득한 자기 계정 속에서 발언하는 동시에 그렇게 숱한 에코를 통해 증폭된 목소리를 객관적인 현실, 적대적인 타인의 세계에까지 발산한다. 에코들이 형성하는 굳건한 장벽이 나르시시즘적 트위터러를 현실의 반격에서 보호해주기 때문에 현실과 동떨어진 나르시시스트의 환상도 쉽게 무너지지 않는다.

이질적인 타인 사이의 교류를 전제하는 대화적이고 민주적인 전통적 공론장의 이념은 새로운 디지털 환경 속에서 외부의 공격에 면역을 갖춘 나르시시즘적 증강 자아가 난립하는 가운데 무력해진다. 그러나 달리 생각해보면 이것이 꼭 21세기만의 현상은 아닐지도 모른다. 예나 지금이나 권력자는 자신을 칭

송하는 에코의 무리로 주위를 에워싸려는 경향을 보인다. 그러한 권력자의 공간은 사적이고 나르시시즘적인 성격을 띤다. 나르시시즘적 권력자의 꿈은 그 공간을 무한정 확대하는 것, 그리하여 통치 영역 전체를 자신을 위한 샤워실로 개조하는 것이다. 이때 국가는 권력자에 조금이라도 반대하는 목소리는 살아남을 수 없는 에코의 공간이 된다. 전체주의는 나르시시즘적 권력의 체제다. 그 정반대 극에 민주적 지도자를 상정할 수 있다면, 그는 자기 말을 무조건 복창하는 에코를 견딜 수 없이 따분해하는 나르키소스 같은 권력자가 아닐까.

면피의 정치학

「여우와 나무꾼」

여우가 사냥꾼들에게 쫓기다가 나무꾼에게 숨겨달라고 간청했다. 나무꾼은 여우에게 자기 오두막에 숨어 있으라고 했다. 잠시 후 사냥꾼들이 나타나 나무꾼에게 여우를 보지 못했느냐고 묻자, 나무꾼은 보지 못했다고 말하면서도 손가락은 여우가 숨어 있는 곳을 가리켰다. 사냥꾼들은 나무꾼의 손짓은 간과하고 그냥 가버렸다. 사냥꾼들이 가버린 뒤에 여우는 말없이 오두막을 나섰다. 이를 본 나무꾼이 감사의 말도 하지 않고 가버리는 여우의 배은망덕함을 비난하자, 여우는 이렇게 대답했다. "당신의 손이 하는 일이 당신의 말과 일치했다면 고마워했을 거예요."

이 우화에 고대의 주석가들은 다음과 같은 설명을 붙인다. "이 이야기는 겉으로는 큰소리로 선을 표방하면서 실제로는 악행을 저지르는 사람들에게 잘 어울린다." 즉 「여우와 나무꾼」은 말과 행동이, 겉과 실상이 다른 위선자를 비판하는 이야기라는 것이다. 일견 정당하고 일반적으로 받아들여지는 해석이지만, 이 이야기를 더 자세히 읽어보면 그것보다 더 복잡한 관계가 함축되어 있음이 드러난다.

위에 언급한 해석은 여우를 구하는 것이 선이고 사냥꾼의 편을 드는 것이 악임을 전제하며, 그 바탕에는 약자를 돕는 것, 곤경에 빠진 자를 구하는 것이 인간의 의무라는 관념이 깔려 있다. 그런데 좀 냉정히 나무꾼의 입장을 생각해보면, 여우를 돕는 것이 선행이고, 사냥꾼을 돕는 것이 악행이라고 할 수 있을까 하는 의문이 떠오른다. 사냥은 생존을 위한 인간의 가장 근원적인 행위 가운데 하나다. 그런데도 이 이야기에서 사냥꾼은 가엾은 여우를 죽이려 하는 악한이고, 따라서 사냥꾼에게 협조하는 나무꾼 역시 악행을 저지르는 인물이라고 할 수 있을까? 물론 사냥을 한다는 이유만으로 악한으로 간주되는 동물이 없는 것은 아니다. 이솝우화에서뿐만 아니라 서양의 전통적 표상에서 악의 정수처럼 나타나는 늑대도 실은 살기 위해 사냥을 할 따름이다. 다만 늑대에 대해 특별한 악감정이 생긴 것은 「양치기 소년」 같은 우화에서 볼 수 있듯이 늑대가 인간의 삶에 필수적인 가축에 큰 피해를 입히기 때문이다. 일본 소설가 쓰시마 유코(津島佑子)에 따르면, 목축업이 특히 중요한 의미를 지닌 서양 문화권에서는 늑대가 악마화되었고, 일본 전통에서는 늑대가 오히려 긍정적 이미지를 지녔다고 한다.[17] 이처럼 이야기 세계 속에서 선악의 이미지는 극히 인간 중심적으로 정해지기 마련이어서, 같은 인간인 사냥꾼을 다른 동물을 해치는 악한으로 묘사하는 이야기는 좀처럼 찾아볼 수 없다.

이 우화가 언행 불일치에 대한 비판이라는 해석에 대해 던질 수 있는 또 하나의 질문은 이런 것이다. 어떤 사람이 말은 좋게 하면서 행동은 그것에 역행하기에 기만적이고 위선적이라고 비판한다면, 여기에는 말보다는 행동이 인간의 내적 본질을 드러낸다는 생각이 전제되어 있다. 즉 선한 말은 겉치레, 가짜이고, 그 사람의 본질이나 진짜 마음은 행동에서 드러난다는 것이다. 행동의 사악함에 더하여 그 사악함을 가리려는 선한 말이 그 인간을 더욱 가증스럽게 만든다. 그러나 나무꾼의 경우에 여우를 숨겨주려는 말과 여우를 사냥꾼에게 넘겨주려는 손짓이 각각 선해 보이려는 겉치레와 진짜 사악한 마음을 드러내는 행동에 대응하는 것인지는 의심스럽다. 그렇게 보기 어려운 한 가지 이유는, 사냥꾼에게 여우의 행방을 알리려 한 손짓은 그 의도를 실현하지 못한 반면, 여우를 보지 못했다는 말은 헛된 겉치레에 그치기는커녕 오히려 여우를 보호하는 효과를 냈기 때문이다.

나무꾼이 드러낸 말과 손짓 사이의 모순은 가증스러운 위선보다는 차라리 어느 쪽으로도 결정하지 못하고 당혹스럽게 갈팡질팡하는 심리의 표현일지도 모른다. 나무꾼은 여우 사냥에 직접 이해관계가 없는 제3자로서 구원을 바라는 여우와 여우를 잡으려는 사냥꾼들 사이의 갈등에 뜻하지 않게 말려들어 곤란해하고 있었던 것이 아닐까?

이야기의 처음으로 돌아가 보자. 나무꾼은 여우의 구원 요청을 받았을 때 오두막 안에 들어가게 한다. 그는 정말로 여우에게 은신처를 제공해준 것인가? 아니면 그렇게 잡아두었다가 사냥꾼에게 넘길 생각이었을까? 나쁘게 해석하면 답은 후자가 되겠지만, 그랬다면 이후 나무꾼이 보여준 애매한 행동이 잘 설명되지 않는다. 적극적인 구조 의지는 없었다 하더라도, 적어도 그가 절박한 여우의 요청을 면전에서 차마 거절하지 못했다고 보는 편이 진실에 가까울 것이다. 나무꾼은 자신의 오두막을 은신처로 제공한 것만으로도 여우에게 엄청난 도움을 준 셈이고, 만일 여우를 쫓는 사냥꾼들이 오두막을 그냥 지나쳐 갔다면, 별탈 없이 여우에게 아주 고마운 생명의 은인이 되었을 것이다.

달려가는 사냥꾼들을 붙잡고 '내가 당신들이 찾는 여우를 여기 잡아놓았소' 하고 외치지는 않았을 테니 말이다.

문제는 사냥꾼들이 등장하여 나무꾼에게 여우의 행방을 물었을 때 발생한다. 나무꾼은 여우를 지켜주기 위해 은신처 제공을 넘어서 거짓말까지 해야 하는 상황에 처한다. 여우를 바로 옆에 두고서 사냥꾼들에게 여우를 보지 못했다고 뻔뻔히 거짓말하기는 불안하고 자신이 없다. 혹시라도 사냥꾼들이 오두막 안을 들여다보자고 하면 어떻게 될 것인가? 그렇다고 나무꾼은 자신에게 구조를 요청한 여우에게 보호를 약속하고서 대놓고 여우를 배신하여 사냥꾼들의 손에 넘길 정도로 철면피하지도 못하다.

등 뒤에 느껴지는 여우의 절박한 호소와 여우의 행방을 따지는 사냥꾼들의 물음 사이에서 이러지도 저러지도 못하는 입장이 된 나무꾼은 상황을 모면할 수 있는 절묘한 해결책을 생각해낸다. 크게 들리는 목소리로는 여우가 듣고 싶은 말을 해주고 ("나는 여우를 보지 못했소"), 손짓으로는 사냥꾼들만 볼 수 있게 여우가 있는 곳을 알려준다. 이렇게 되면 나무꾼은 어떤 상황에서도 자신에게 비난이 돌아오는 것을 면할 수 있다. 사냥꾼들이 나무꾼의 말만 믿고 가버린다면 여우는 목숨을 건지고 나무꾼을 고맙게 생각하며 오두막을 떠날 것이다. 반대로 사냥꾼

면피의 정치학: 「여우와 나무꾼」

들이 나무꾼의 말에 의심을 품는다면 그의 손짓이 지니는 의미를 알아차리게 될 것이고, 결국 여우를 잡아 갈 것이다. 이때 그들은 여우를 잡게 해준 나무꾼에게 고마워할지언정, 그의 거짓말을 비난하지는 않을 것이다. 여우는 여우대로 나무꾼의 거짓말이 통하지 않아서 잡혀 가게 된 자신의 불운을 한탄할 뿐, 나무꾼을 원망하지는 않을 것이다. 양립할 수 없이 충돌하는 쌍방의 요구 사이에 끼어 있던 나무꾼은 입으로는 이 말을, 손짓으로는 저 말을 함으로써 어떤 경우에도, 누구에게도 욕먹지 않게 상황을 빠져나올 수 있는 제3의 길을 만들어낸 것이다.

요컨대 나무꾼은 여우를 살릴 생각도, 죽일 생각도 없었다. 나무꾼은 사냥꾼 편도, 여우 편도 아니며, 오직 자기편으로서 행동한다. 그것은 뜻하지 않게 타인의 생사가 걸린 심각한 문제에 대해 결단해야 하는 중책을 떠안게 된 사람이 어떤 식으로도 책임을 지고 싶지 않아 생각해낸 기막힌 면피의 술책이다.

그러나 예민한 여우의 관찰력이 나무꾼의 멋진 계획에 흠집을 낸다. 여우는 나무꾼이 제공한 은신처 덕분에 목숨을 건지긴 했지만, 진심으로 자신을 보호해줄 생각이 없었던 나무꾼에게 고마워할 생각은 조금도 없다. 이 우화의 하이라이트는 나무꾼이 오두막을 떠나는 여우를 보고 배은망덕하다고 질타하는 장면이다. 어떤 책임도 지고 싶지 않고, 어떤 비난도 받고 싶지 않아 여우의 목숨을 위태롭게 만든 나무꾼이 요행히 얻어진 결과에 대해서는 자신의 공을 인정받고자 한 것이다. 배은망덕하다고 꾸짖는 나무꾼에게 여우는 사냥꾼을 따돌린 것이 나무꾼의 의도에 따라 일어난 일이 아님을 지적하고, 뜻하지 않게 일어난 일에 대해서까지 나무꾼에게 고마운 마음(공로에 대한 인정)을 가질 필요는 없음을 분명히 하고 오두막을 떠난다.

「여우와 나무꾼」을 이와 같이 해석해보면, 이 우화가 고도로 정치적인 함의를 지닌 이야기임이 드러난다. 책임은 최대한 회피하지만, 반대로 공로는 최대한 인정받겠다는 것이 나무꾼의 전략적 태도인 셈인데, 그것은 오늘날 현실의 문제를 용기 있게 타개해가기보다 인기를 잃지 않으면서 곤란한 상황을 잘 빠져나오는 데만 관심이 있는 영리한 정치인들을 위한 면피의 정치학을 표본적으로 보여준다.

정치란 무엇인가? 정치인은 충돌하는 다양한 이해관계와 욕구 사이에 끼어 있는 존재로서, 그들 사이에서 끊임없이 어떤 선택과 결정을 내릴 것을 요구받는다. 현실에 대해 결정할 수 있다는 것, 그것은 정치인의 권력이자 책무다. 복합적인 갈등 상황에서 무언가를 선택하고 결단을 내린다는 것은 현실을 좌지우지할 수 있는 힘이라는 점에서 권력이지만, 동시에 고통스러운 책무이기도 하다. 정치적 선택과 결단은 언제나 선택되지 않은 것의 배제와 희생, 기타 예기치 않은 부작용을 초래하기 마련이고, 그래서 정치적 주체는 자신의 결단이 드리우는 그늘을 스스로 인정하고 이에 따른 비난과 공격을 감수할 용기를 가져야 하기 때문이다. 그럴 수 있으려면 그는 자신의 선택이 공동체에 가져올 선이 그 선택의 그늘을 넘어선다는 굳은 신념을 지녀야 하며, 그 신념을 대중에게 설득할 줄 알아야 한다. 결과적으로 자신의 신념이 현실에서 증명되지 못할 때 책임을 지고 물러날 각오까지 해야 한다.

나쁜 정치인은 모든 것을 선택하는 척하는 정치인이다. 부담스러운 결정은 가능한 한 남모르게 하는 정치인, 모두에게 좋은 것만 가져다준다고 약속하는 정치인, 여우에게 구원을 약속하고 뒤로는 사냥꾼에게 길잡이가 되어주겠다고 제안하는 정치인이다. 그런 정치인들은 현실의 문제를 어떻게 해결해가겠다는 데에 대한 분명한 신념이 없다. 책임을 져야 할 위험한 결단은 한없이 회피하는데, 그것은 공동체 전체의 현실이 어떻게 될 것인가에 대해서는 근본적으로 관심이 없고, 그 결단이 자신에게 어떤 해를 입힐 수 있는가에만 관심이 있기 때문이다. 사냥꾼이 여우를 잡든, 여우가 목숨을 건지든, 그것은 자신의 문제가 아니다. 그들은 사냥꾼이 여우를 잡아도 자신의 공이고, 여우가 목숨을 건져도 자신의 공이라고 주장할 수 있는 상황을 원

한다. 그들은 세상의 상충하는 이해관계의 틈바구니 속에 파고
들어와 그들 자신의 고유한 이해관계를 추구한다. 그런 정치인
들의 정치는 어떤 에토스와도 결별한 권력 기술로서의 정치, 가
장 나쁜 의미에서 '직업으로서의 정치'다. 이런 직업 정치꾼들이
사라지려면, 여우의 비판적인 관찰력이 필요하다.

면피의 정치학: 「여우와 나무꾼」

갈등 해결법

「여주인과 하녀들」

새벽에 수탉이 울면 일어나 하녀들을 깨우고 들들 볶는 과부가 있었다. 지치고 피로에 찌든 하녀들은 수탉을 목 졸라 죽였다. 자신들에게 불행을 가져오는 장본인이 여주인을 깨우는 수탉이라고 믿었기 때문이다. 그러나 수탉이 죽자 언제가 새벽인 줄 알 수 없게 된 여주인은 한밤중에 하녀들을 깨워 일을 시키게 되었다.

수탉은 왜 우는가? 수탉의 울음은 짝짓기, 영역 표시와 관련된 행동으로 알려져 있다. 「수탉 두 마리와 독수리」라는 우화를 보면, 고대 그리스인들도 과학적 연구 없이 이미 수탉 울음의 의미를 대강 이렇게 이해했던 것 같다. 수탉 두 마리가 여러 암컷을 놓고 싸운 끝에, 패자는 덤불 속에 기어 들어가고, 승자는 자랑스럽게 높은 담 위에 올라가 크게 울었다. 그러나 담 위에서 우는 녀석을 독수리가 채어가는 바람에, 암탉은 덤불 속에 숨어 있던 수탉의 차지가 되었다. 우화 특유의 반전으로 결국 울지 못한 수탉이 짝짓기에 성공하지만, 이 이야기는 수탉이 자신의 지배권을 널리 공표하고 확정하기 위해 높은 곳에서 크게 운다는 것을 잘 보여준다.

여기서 또 하나 확인되는 것은 수탉이 반드시 꼭두새벽에만 우는 건 아니라는 점이다. 수탉은 낮에도 지배권을 주장할 필요가 있을 때면 언제든 운다. 밤이 지난 뒤 자신의 건재를 과시하는 것도 그런 필요 가운데 하나일 뿐이다.

그렇다면 왜 사람들에게 수탉의 울음은 즉시 새벽이라는 시간을 떠오르게 하는가? 그것은 수탉의 새벽 울음에 몇 가지 두드러진 점이 있기 때문이다. 첫째, 수탉은 매일 새벽 규칙적으로 정해진 시간에 운다. 둘째, 새벽 울음은 수탉이 잠에서 깨어나 밤 동안의 침묵을 깨뜨리는 첫 울음이다. 셋째, 수탉의 새벽 울음은 밤의 정적을 깨뜨리기에 시끄러운 낮 동안의 울음보다 우리에게 더 뚜렷한 인상을 준다.

낮과 밤은 빛과 어둠으로만 구별되는 게 아니다. 소리에도

갈등 해결법: 「여주인과 하녀들」

밤과 낮을 구획하는 기능이 있다. 밤은 고요하고, 낮은 소란스럽다. 수탉은 낮의 소란스러움이 본격적으로 시작되기 훨씬 전에 울기 때문에 소리로 새날의 시작을 예고하는 동물이 되었다.

그러나 고요와 소란의 대립은 밤과 낮을 가르는 경계로서 빛과 어둠의 대립만큼 명백한 것은 아닐 수 있다. 인간이 살지 않는 숲도 낮이 밤보다 현저하게 시끄러울까? 많은 동물이 밤잠을 자고 낮에 활동하지만 그와 반대되는 동물도 없지 않다. 게다가 깨어 있는 동물이 모두 다 큰 소리를 내는 것은 아니다. 밤의 고요와 낮의 소란 사이의 대조는 무엇보다도 인간 세상에서 뚜렷하게 나타난다. 인간은 깨어 있을 때 매우 시끄럽게 구는 동물이다. 문명이 발전할수록 인간은 더 다양한 활동을 하며 더 많은 소리를 만들어냈고, 그에 비례하여 인간이 잠든 밤과 낮 사이의 소음 격차는 커져왔다.

그러니 인간 세상에 들어와 가금이 된 수탉의 낮 울음은 다른 수많은 소음 속에 묻혀버리기 쉽다. 유독 수탉의 새벽 첫 울음이 강렬하게 지각되는 것은 이러한 배경에서다. 밤의 고요를 깨뜨리며 새로 밝아오는 아침을 알리는 수탉의 울음소리는 그만큼 깊은 신화적, 상징적 의미를 얻는다. 예수를 세 번 부인한 베드로에게 자신의 엄청난 배신을 깨닫게 한 것도 수탉의 새벽 울음이었다.

인간이 문화를 이루고 닭을 길들여 집에 데리고 살게 되면서 수탉의 새벽 울음은 이처럼 특별하게 지각될 뿐만 아니라 그 기능에도 변화가 일어난다. 수탉이 자신의 권력이나 지배 영역을 표시할 필요성은 자연적 거주지를 떠나면서 거의 사라지지만 그 본능은 없어지지 않는다. 이제 사람들은 늘 같은 시간에 첫 울음을 우는 수탉의 성질을 이용하여 수탉을 알람시계 발명 이전의 알람시계로 사용한다. 수탉 자신은 여전히 자신의 강한 힘과 위세를 표현하려고 우는 것이지만, 그 소리가 사람들에게는 하루의 리듬을 환기하고 잠에서 일어나게 하는 실용적 기능을 가지게 된 것이다.

사람들은 수탉을 길들여 함께 산 이래 아주 오랫동안 수탉을 생물학적 시계로 이용해왔으나, 수탉의 몸속에 정말 그런 시계 장치가 작동하고 있다는 걸 안 것은 그리 오래되지 않는다. 일본 나고야 대학 연구팀은 수탉들이 외부 빛의 자극과 무관하게 일정한 시간에 깨어나 운다는 사실을 실험을 통해 밝혀냈다(2013). 그들은 후속 연구에서 이외에도 여러 마리 수탉이 있을 때 수탉이 저마다 깨자마자 무조건 우는 것이 아니라 가장 서열이 높은 수탉이 깨어나 울 때까지 기다렸다가 따라 운다는 흥미로운 사실도 알아냈다(2015). 새벽 울음 역시 수탉들 사이의 권력 서열을 표현한다는 점이 확인된 것이다.[18]

갈등 해결법: 「여주인과 하녀들」

인간은 워낙 자기중심적 사고방식을 하는 버릇이 있기 때문에 수탉의 새벽 울음을 임의로 용도 변경하고 그것이 마치 수탉 본연의 사명인 것처럼 상상한다. 「고양이와 수탉」이라는 우화가 그러한 예다. 고양이가 수탉을 잡았는데, 뭔가 그럴듯한 핑계를 대고 먹어야겠다고 생각하고는, 네가 밤에 소리를 지르는 바람에 사람들이 잠을 설친다고 꾸짖었다. 그러자 수탉은 사람들이 하루 일을 시작할 수 있도록 깨워주는 것이니 자신의 울음은 사람들에게 도움이 된다고 반박한다. 물론 수탉 자신이 정말로 그런 생각을 할 리는 없다. 수탉에게는 인간의 잠을 설치게 할 의도도, 일정 시간에 일어나는 것을 도와줄 의도도 없다. 수탉은 자기 존재와 위신을 알리기 위해 소리를 지를 뿐이다.

여기서 수탉은 인간이 수탉의 새벽 울음에서 일반적으로 기대하는 가치를 대변하지만, 그렇다고 수탉을 잡아먹기 위해 구실을 찾는 고양이의 말이 전혀 터무니없기만 한 것은 아니다. 수탉의 새벽 울음은 사람과 상황에 따라 다른 의미를 지니기 때문이다. 규칙적인 생활을 좋아하는 아침형 인간에게는 고마운 알람이지만, 아침에 조금이라도 더 자고 싶은 늦잠꾸러기에게 수탉은 방해꾼이고 눈엣가시 같은 존재일 수 있는 것이다. 우화 「여주인과 하녀들」에서 수탉이 부지런한 여주인과 일하기 싫은 하녀 사이에서 본의 아니게 갈등의 한복판에 던져지는 것도 바로 이러한 새벽 울음의 양면적 가치 때문이다. 수탉은 부지런한 여주인의 충실한 조력자이지만 하녀들에게는 일할 시간을 터무니없이 앞당기는 저주스러운 존재다. 하녀들은 수탉을 자기네 불행의 원인으로 지목하고 죽여버린다. 그러나 그들을 정말 괴롭힌 것은 여주인이고 수탉이 아니었기 때문에, 하녀들의 잔인한 선택은 전혀 문제의 해결책이 되지 못했다.

남이 실현하고자 하는 목적이 자신의 삶을 침해하거나 결코 받아들일 수 없는 것으로 여겨질 때 인간은 어떻게 하는가? 인간은 극단적인 경우에 상대를 제거하려고 시도하기도 한다. 그보다 덜 심각한 갈등 상황이라면, 일단 목적을 달성하려는 상대의 의지를 꺾기 위해 압박을 가하거나 다른 마음을 먹도록 설득을 시도할 것이다. 그리고 그런 방법이 전혀 통하지 않을 경우, 상대방의 행동을 불가능하게 하는 길을 찾게 된다. 즉 상대에게서 목적 달성의 수단을 빼앗는 것으로 문제를 해결하려 한다는 것이다. 우화 「여주인과 하녀들」에서 하녀들이 바로 그렇게 한다. 그들은 여주인의 의지를 통제할 수 없기 때문에 여주인이 아침에 일어나는 데 필요한 수탉을 제거한 것이다. 일상적인 예를 들어본다면, 게임을 하지 말라고 해도 아이가 말을 듣지 않을 때 컴퓨터를 치우거나 심지어 부숴버리는 부모가 이런 경우에 해당될 것이다.

그런데 이 해결책에는 심각한 문제가 뒤따를 수 있다. 하나의 문제는 이런 것이다. 상대가 여전히 의지를 가지고 있는 한, 수단을 빼앗더라도 그것을 우회할 수 있는 다른 수단이 있을 수 있고, 그 새로운 수단이 본래의 수단보다 더 좋지 않은 영향을 미치는 것일 수도 있다. 컴퓨터를 빼앗긴 아이는 이제부터 집에 안 들어오고 PC 방을 전전할지도 모른다. 그래서 상대에게서 수단을 빼앗을 때는 어떤 우회로가 있는지, 그에 대한 대비책은 무엇인지, 신중하게 생각해야 할 것이다. 또 하나의 문제는 수단을 제거함으로써 목적 달성의 길이 완벽하게 차단되었을 경우 욕망 실현의 좌절에서 발생하는 불만이 다른 방식으로 표출될 수 있다는 것이다. 상대방의 목적 달성을 방해하려 할 때는 그러한 예기치 않은 상황 발전에 대한 대비책이 있는지도 고려해야 한다. 앞의 우화에서 여주인은 수탉을 빼앗김으로써 일찍 일어나야 하는데 일찍 일어날 수 없다는 불안감이 생겨났고, 그로 인해 잠을 제대로 잘 수 없게 되었다. 일찍 일어나지 못할 거라는 불안감이 규칙적인 수탉 울음 대신 알람 역할을 하게 되면서 하녀들은 이전보다 오히려 더 불안정하고 고된 삶을 살게된다.

자신과 갈등 관계에 있는 상대를 통제하려고 할 때 무엇보다 중요한 것은 마음을 읽는 일이다. 하녀들은 여주인이 수탉만 없으면 자기네처럼 마음 편하게 쿨쿨 잘 줄 알고 수탉을 죽였다. 그들은 여주인이 자신들과 전혀 다른 사람이며, 여주인에게 수탉은 단잠을 중단시키기 위한 도구가 아니라 오히려 새벽까지는 맘 편하게 자기 위한 수단이었음을 알지 못했다. 상대의 마음을 읽어야 상대에게서 수단을 빼앗는 것이 어떤 효과를 낳을지 어느 정도 예측할 수 있다.

그런데 갈등 관계에 있을수록 상대방의 마음을 잘 읽는 데 실패하는 경우가 많다. 상대방의 목적, 의지, 욕망에 대해 적대적이고 부정적일수록, 그런 부정적 편견이 상대방의 입장이 되는 것을 방해하기 때문이다. 그래서 방에 들어앉아 게임에만 몰입하고 있는 아이의 마음에 대한 적의는 컴퓨터를 부수는 단순무식한 대응으로 흘러가곤 한다. 아이의 욕망을 부정적으로 보고, 그런 만큼 그 욕망을 무시하고 경멸하기 때문에, 실현될 통로만 틀어막으면 욕망은 간단히 사라질 거라고 생각하는 것이다. 여주인에게 괴롭힘을 당한 하녀들도 그런 함정에 빠졌다.

이는 특히 정책의 설계자들이 유념해야 할 점이다. 정부의 교육 정책이나 부동산 정책이 곧잘 실패로 돌아가는 것도 이와 유사한 이치로 설명할 수 있지 않을까. 특히 어떤 이상적인 공동체적 목표를 머리에 그리면서 정책을 입안하고 추진하는 사람들은 흔히 교육 현장과 부동산 시장에 만연해 있는 사람들의

갈등 해결법: 「여주인과 하녀들」

이기심과 과욕을 정책 목표 실현의 걸림돌로 보고 이에 대해 적의를 품는 경향이 있다. 그리고 강력한 정책적 수단으로 그들이 이기적 욕망을 충족할 수 있는 길을 차단함으로써 문제를 해결할 수 있다고 자신한다. 차단된 길을 우회할 다른 길이 새로 나타나지는 않을까? 욕망 실현의 길이 완전히 막혔을 때 사람들은 어떤 반응을 보일까? 이런 비교적 간단한 질문조차 잘 던지지 않는다.

아이러니컬하게도 우리는 그릇된 욕망을 단죄하는 정책을 주장하고 실행하는 당국자들도 개인으로서는 그렇게 적대시되는 욕망을 똑같이 가지고 행동하는 경우를 너무나 많이 보아왔다. 그런데도 그 마음을 정확하게 읽는 데 실패하는 이유는 욕망을 적대시하는 공인으로서의 의식과 욕망을 품은 개인의 마음 사이에 어떤 차단벽 같은 것이 있기 때문이 아닐까. 교육이나 부동산 같은 사회 문제에 대응하는 효과적인 정책은 언제나 그 문제를 만들어낸 마음을 읽는 데서 시작해야 한다. 그 과제는 여주인을 이해할 수 없었던 하녀들이 당면한 과제보다 더 쉬운 것일 수 있다. 스스로의 마음을 돌아보기만 해도 상당한 답이 나오기 때문이다.

자연과 문화
「늑대와 노파」

굶주린 늑대가 먹을 것을 찾아 어느 농가에 이르렀다. 이때 집 안에서 아이의 울음소리가 들려왔고, 아이를 보는 노파가 "뚝 그쳐, 아니면 널 늑대에게 던져줄 거야"라고 말하는 것이었다. 늑대는 노파의 말을 진담으로 알아듣고 한참을 문 앞에서 기다렸다. 그런데 저녁때가 되자 노파는 아이를 귀여워하며 이렇게 말하는 것이었다. "늑대가 오면 우리 같이 늑대를 죽이자." 그러자 늑대는 자리를 떠나며 말했다. "이 농가에서는 말하는 것 다르고 행동하는 것 다르네."

이솝우화 「늑대와 노파」는 한국의 유명한 전래 민담 「호랑이와 곶감」을 연상시킨다. 「호랑이와 곶감」의 스토리에는 다양한 변이형이 있지만, 일반적으로 널리 알려진 것은 대략 다음과 같이 단순한 이야기다. 호랑이가 마을로 내려왔다가 우연히 어떤 농가에서 한 어머니가 우는 아이를 어르고 달래는 소리를 듣게 된다. 아이에게 어머니는 울음을 그치지 않으면 호랑이가 와서 잡아간다고 위협해보지만, 그래도 아이는 울음을 그치지 않는다. 다음으로 어머니가 "여기 곶감 있네"라고 하자, 그제야 아이는 바로 울음을 그친다. 호랑이는 곶감이 얼마나 강한 녀석이기에 호랑이도 무서워하지 않던 아이가 울음을 뚝 그칠까 생각하고는 두려움에 떨며 도망간다.

이솝우화 「늑대와 노파」와 「호랑이와 곶감」을 비교해보면 우선 등장인물의 측면에서 차이가 있기는 하지만(늙은 보모와 어머니, 늑대와 호랑이), 이는 그다지 큰 차이라고 보기 어려울 것이다. 이솝우화에도 전승되는 다양한 판본 가운데 노파 대신 어머니가 등장하는 경우도 있고, 늑대와 호랑이의 차이 역시 두 동물이 그리스와 한국에서 각각 인간을 위협하는 가장 대표적인 맹수였다는 점을 고려하면 동일한 모티프의 변이형 정도로 이해할 수 있기 때문이다.

이야기의 상황 설정이나 줄거리를 보더라도 두 이야기가 동일한 기원을 가진 것이 아닌가 여겨질 정도로 기본적인 공통

점이 뚜렷이 눈에 들어온다. 아이를 돌보는 어머니 혹은 노파가 맹수의 위협으로 아이의 울음을 그치게 하려 한다는 것, 우연히 인가에 내려온 맹수가 하필이면 자신을 언급하는 소리를 엿듣게 된다는 것, 맹수가 무지와 순진함으로 결정적인 오해를 하기 때문에 낭패를 겪는다는 것, 이 세 가지 지점이 우리가 두 이야기에서 유사한 인상을 받게 되는 이유다. 만일 두 이야기가 동일한 기원에서 유래한 것이라는 가정이 옳다면, 인간을 위협하는 맹수의 모티프도 이야기 전파 과정에서 그리스에서는 늑대로, 한국에서는 호랑이로 현지화된 것이라고 추정해볼 수 있겠다.

그러나 각 이야기를 좀 더 상세히 분석해보면, 줄거리의 전개에서 제법 큰 차이가 발견된다. 늑대는 처음에 노파가 먹을 것을 줄 것이라고 오해했다가 마지막에 그것이 착각임을 깨닫고 실망하여 자리를 뜨는 반면, 호랑이는 마지막 순간에 어머니의 말("여기 곶감 있네")을 잘못 해석하여 그 착각으로 인해 달아나는 것이다. 이러한 대조적인 줄거리의 전개 속에서 두 이야기에 담긴 핵심적 메시지 혹은 세계관도 양립하기 어려울 만큼 상이한 방향으로 갈라진다.

먼저 곶감을 무서워한 호랑이를 생각해보자. 이 이야기가 호랑이의 어리석음을 조롱하고 있다는 데는 의심의 여지가 없다. 호랑이의 어리석음은 우선 호랑이가 곶감이 무엇인지조차 모른다는 데서 드러난다. 곶감이라는 모티프는 이야기의 주제와 깊은 관련이 있다. 곶감은 자연계에서 발견되는 과실이 아니다. 곶감은 자연에 인간의 문화적 처리 과정이 더해져 만들어진 문화의 산물이다. 그래서 곶감에 대한 무지는 호랑이가 문화를 알지 못하고 순수한 자연에 속한 존재임을 의미하며, 이때 곶감의 기능은 자연과 문화 사이의 경계를 표시하는 데 있다. 물론 호랑이가 인간의 말을 알아듣는 이야기의 의인법적 구성은 언어의 차원에서 인간과 동물, 문화와 자연의 경계선을 지워버리지만, 그렇게 지워진 문화와 자연의 경계선은 호랑이가 곶감을 알지 못하고 곶감이 호랑이를 쫓아버린다는 플롯 전개 속에서 복원된다.

그런데 호랑이가 모른 것은 곶감만이 아니었다. 아이의 어머니는 처음에 힘과 공포로 아이를 통제하려고 하지만, 그 방법이 전혀 먹히지 않자 달콤한 곶감의 유혹으로 아이를 설득한다. 울면 호랑이가 와서 잡아갈 거라는 위협과 맛있는 곶감이 있다는 유혹 사이의 대비적 관계는 이를테면 이솝우화 「북풍과 해」에서 강한 북풍으로 나그네의 외투를 벗기려는 전략과 따사로운 햇볕으로 나그네를 감싸 스스로 옷을 벗게 하는 전략 사이의 대립 관계에 조응한다. 호랑이의 위협과 북풍의 전략이 물리적, 자연적 폭력을 통한 지배의 방법이라면, 곶감과 해의 전략은 세

련되고 유혹적인 문화적 기술을 통한 지배의 방법이라 할 수 있다. 그리고 이 두 방법 가운데 후자가 더 성공적이고 효과적이라는 것이 「호랑이와 곶감」과 「북풍과 해」 모두의 결론이다. 그러나 호랑이의 입장에서 생각해보면 그러한 결론은 호랑이가 전혀 이해할 수 있는 것이 못 된다. 호랑이는 그 자신이 자연적 폭력의 화신이다. 호랑이가 아는 것은 오직 물리적, 자연적 폭력을 통한 지배의 패러다임뿐이다. 따라서 곶감이 더 성공적으로 아이의 울음을 통제할 수 있는 것으로 판명되었을 때, 호랑이는 곶감을 자기보다 더 강한 자로 상상할 수밖에 없었다. 호랑이는 문화적 생산물인 곶감을 몰랐을 뿐만 아니라 그 곶감이 어떻게 작용하여 아이를 단번에 고분고분하게 만들어놓았는지도 이해할 수 없었던 것이다. 그래서 호랑이는 달아난 것이다. 호랑이는 인간이 가진 미지의 문화적 힘 앞에 공포를 느끼고 야생의 자연으로 돌아간다. 그런 의미에서 곶감을 무서워한 호랑이는 사람이 되려고 쑥과 마늘을 먹다가 중간에 포기하고 달아나버린 호랑이의 후예라 할 만하다.

「호랑이와 곶감」의 플롯은 호랑이의 엉뚱한 착각과 도주로 마무리된다. 호랑이는 곶감이 자기보다 훨씬 더 강한 자라는 어리석은 믿음에서 결코 벗어나지 못한다. 앞에 제시된 것보다 더 긴 줄거리를 가진 판본에서는 곶감을 무서워하는 호랑이를 둘

자연과 문화: 「늑대와 노파」

러싼 복잡한 뒷이야기가 이어지지만, 거기서도 호랑이는 끝내 곶감의 정체를 알지 못한다. 호랑이는 곶감으로 상징되는 인간의 문화를 이해할 수 없기 때문에 인간에게 접근하거나 인간을 제압하지 못하고 오히려 멀리 도망간다. 호랑이가 인간 마을을 떠나 자연으로 돌아가는 것은 어리석은 환상에서 벗어날 수 없기 때문이며, 이때 자연과 무지몽매함은 등치된다. 그런 의미에서 「호랑이와 곶감」은 지혜로운 문화의 힘이 자연의 폭력을 퇴치하는 이야기, 자연에 대한 문화의 승리를 찬양하는 이야기다. 물론 이 이야기가 호랑이의 자연적 폭력에 인간이 현실적으로 위협받던 시대에 생겨난 것임을 고려한다면, 곶감의 승리는 현실적인 것은 아니다. 곶감이 호랑이를 물리친다는 줄거리는 자연의 폭력을 상상 속에서나마 우스꽝스럽게 만들고 조롱함으로써 자연에 대한 문화의 통제권을 상징적 차원에서 확보하려는 시도라고 할 수 있을 것이다.

그렇다면 「늑대와 노파」라는 우화의 의미는 어떻게 이해해야 할까? 고대 해석가들은 늑대가 마지막에 던진 말을 그대로 우화의 교훈으로 보았다. 말과 행동이 일치하지 않는 인간에 대한 풍자요 비판이라는 것이다. 서양 중세에는 당대의 여성 혐오적인 편견을 투영한 해석까지 나왔다. 「늑대와 노파」는 변덕스러운 여자의 말을 믿지 말라는 경고라는 것이다. 이에 따르면 늑대는 여자의 가벼운 약속을 순진하게 믿었다가 낭패를 겪는 남자를 상징하는 셈이다. 하지만 그것은 이야기의 실상을 심각하게 왜곡하는 해석이다. 늙은 보모는 아이가 울음을 그치게 하기 위해 위협의 제스처를 취했을 뿐이고, 집 밖에서 늑대가 엿보고 있는 줄도 몰랐으며, 늑대에게 어떤 약속도 한 적이 없기 때문이다. 그저 늑대가 우연히 노파가 얘기하는 것을 엿듣고 혼자서 그 말을 유리한 쪽으로 해석하여 헛된 희망을 키웠을 뿐이다.

따라서 이 우화에서 비판적으로 바라보아야 할 대상은 내뱉은 말을 번복하는 인간이 아니라 오히려 늑대일 것이다. 늑대는 아무리 배가 고팠다고 해도 자기에게 공짜로 먹이를 던져줄 거라는 노파의 그 솔깃한 말을 좀 더 냉정하게 숙고해보았어야 한다. 노파는 대체 왜 아이를 나에게 던져준다고 말한 것인가. 그런 행운이 내게 정말 일어날 가능성이 있는가? 말 자체가 가지는 액면 그대로의 의미에 집착하기보다 그 말이 어떤 맥락에서 어떤 의도로 나온 것인지를 고려하며 비판적으로 판단했다면, 주린 배를 쥐고 남의 집 문 앞에서 기다리다가 아무 소득도 없이 하루를 공치는 사태는 피할 수 있었을 것이다.

이상의 논의에서 우리는 이 우화의 교훈을 일단 다음과 같이 요약해볼 수 있겠다. 어떤 큰 곤경에 빠져 있더라도, 그래서 그 험난한 현실과 대결하는 것이 아무리 어렵게 느껴지더라도,

거짓된 희망을 지어내어 그 속으로 도피하려 해서는 안 된다. 거짓된 희망과 소망적 사고는 일시적으로 힘겹게 삶과 씨름하지 않아도 되는 편리한 구실을 제공해줄지 모르지만, 그렇게 해서 뒤로 미루어진 문제는 언제나 더 큰 빚이 되어 돌아오기 마련이다. 굶주리고 지친 늑대에게 "네가 계속 울면 늑대에게 던져줄 거야"라는 노파의 말은 얼마나 달콤한 희망을 선사하는가? 그 덕택에 늑대는 즐거운 기대 속에서 한나절을 보낼 수 있었지만, 외면하던 진실이 끝내 드러난 순간 더욱 팍팍해진 현실과 마주하게 되는 것이다.

끝으로 늑대가 빠진 거짓된 희망이 무엇을 향한 것인지를 생각해볼 필요가 있다. 그렇게 함으로써 「늑대와 노파」와 「호랑이와 곶감」 사이의 근본적 차이가 분명히 드러날 것이다. 두 이야기 모두 어리석음에 대한 이야기라는 것은 분명하다. 늑대와 호랑이 모두 어리석기 때문에 사람의 말을 잘못 해석하고 그러한 오해 때문에 실패를 경험한다. 그러나 호랑이가 어리석기 때문에 인간과 인간의 문화를 이해하지 못하고 두려워하며 자연으로 쫓겨 간다면, 어리석은 늑대는 인간의 말을 잘못 해석하여 오히려 인간에게 더 접근하고 인간에 의지하려 한다. 늑대는 힘겹게 사냥하기를 포기하고 사람이 주는 먹이를 받아먹으며 편안하게 지내는 삶을 꿈꾸는 것처럼 보인다. 그것이 오해에서 비롯된 헛된 꿈으로 드러난 순간, 그리하여 인간을 믿어서는 안 되고 인간에게 희망을 걸어서는 안 된다는 것을 깨달은 순간, 늑대는 사람을 떠나 자연으로 돌아간다. 「호랑이와 곶감」이 어리석음과 자연을 등치시킨다면, 「늑대와 노파」는 이와 반대로 깨달음과 자연을 결합한다. 「늑대와 노파」는 자연으로의 귀환을 옹호하며, 그런 점에서 사람 곁에서 안락함을 누리는 개의 삶을 경계하고 그 대신 힘들지만 독립적이고 자유로운 늑대의 삶을 찬양하는 「늑대와 개」 같은 우화와 맥을 함께한다.

환멸의 정치학
「여우와 고슴도치」

어느 날 사모스 섬에서 한 권력자를 처형하기 위한 재판이 열렸다. 변호를 맡은 이솝이 다음과 같은 연설을 했다. "여우가 강을 건너다가 깊은 협곡에 빠졌습니다. 아무리 빠져나오려 해도 소용이 없었죠. 설상가상으로 한 떼의 진드기가 달라붙어 고통을 주었습니다. 지나가던 고슴도치가 불쌍한 여우를 보고 '진드기라도 잡아줄까?' 하고 물었는데, 여우가 이렇게 대답했습니다. '아냐. 이 진드기들은 이미 나한테서 뜯어먹을 만큼 먹었어. 이놈들을 잡으면 굶주린 다른 놈들이 내 마지막 피까지 다 빨아먹을 거야.'" 이솝이 말을 이었다. "사모스 인들이여, 당신들도 마찬가지입니다. 이 사람은 이미 부자라서 여러분에게 더 해를 끼

치지 않을 겁니다. 이 사람을 죽이면 아직 배고픈 다른 자들이
와서 여러분 재산을 축낼 거예요."

아리스토텔레스는 『수사학』에서 이 이야기를 우화의 수사
법적 활용의 예로 제시한다.[19] 그에 따르면 우화는 다중을 상대
로 한 연설에 적합한데, 현실과 유사 관계에 있는 우화는 당면
한 현실 문제에 대한 견해를 설득력 있게 만들어주는 좋은 예
시가 될 수 있기 때문이다. 물론 그러한 예시를 실제 있었던 과
거 사건에서 찾을 수 있다면 더욱 좋을 것이다. 그러나 당면 문
제에 꼭 들어맞는 예를 실제 사건에서 찾는 것이 언제나 가능한
일은 아니기 때문에, 그 대용으로 현실에 맞게 지어낸 간단한
우화가 활용될 수 있다는 것이다.

우화 「여우와 고슴도치」에서는 이솝우화의 저자인 이솝이
몸소 이런 우화 사용법의 모범적 예를 보여준다. 이솝은 피고를
변호하기 위해 진드기에 시달리는 여우의 우화를 끌어들인다.
권력자와 시민의 관계는 진드기와 협곡에 갇힌 여우의 관계와
같은 것으로 간주된다. 그래서 난관에 빠진 여우의 진드기 대처
법은 곧 사모스 시민의 현실에도 적용되어야 한다("사모스 인
들이여, 당신들도 마찬가지입니다").

이솝은 사람들에게 진드기에 시달리는 여우와 고슴도치에

관한 우화를 들려주고 있지만, 흥미로운 것은 이솝이 우화를 이야기하는 일화 자체가 한 편의 이솝우화로 전승되어 왔다는 사실이다. 여기서 이솝은 처형당할 위기에 처한 권력자의 변호를 맡은 주인공으로 등장한다. 즉 여우와 고슴도치의 우화는 이솝이라는 우화의 주인공이 들려주는 이야기로서 우화 속에 삽입되어 있는 것이다. 극중극에 비견할 만한 '우화 속 우화'의 구조다. 이러한 구조를 고려한다면 현재 우화의 제목으로 통용되는 '여우와 고슴도치'는 사실 삽입된 우화의 제목이 되어야 할 것이고, 이 우화 자체는 '이솝과 사모스 인' 정도로 불려야 할 것이다. 물론 이 우화의 교훈은 삽입된 여우 우화에 충분히 표현되어 있다고 할 수 있지만, 이솝을 우화의 1차적 주인공으로 보고 그가 이야기 속에서 무엇을 하고 있는지 묻는다면 우화에 대한 더 풍성한 독해의 길이 열린다.

사람들에게 이야기를 들려주는 이솝이 등장하는 또 다른 우화로 「조선소에 간 이솝」이라는 이야기가 있다. 이솝이 조선소에 들렀는데 조선소의 기술자들이 그를 보고 이야기나 하나 해보라며 놀려댔다. 그러자 이솝은 그들에게 대지가 세계의 물을 들이마시는 이야기를 들려준다. 대지가 한 번 마시자 산이 나타났고 두 번 마시자 평야가 드러났다. 이솝은 마지막으로 배 만드는 사람들을 겨냥한다. "대지가 세 번째 물을 마시기로 결심하는 날 당신들의 기술도 쓸모없게 될 것이오." 이솝은 여기서 이야기의 기술로 재치 있게 자신을 공격하는 자들의 말문을 막아버린다. 조선공들은 자기보다 지혜로운 사람을 놀려먹으려다가 본전도 못 건진 것이다.

많은 이솝우화가 서로 다른 입장을 가진 인물들 사이의 대화나 논쟁의 형태를 띤다. 이러한 대화 혹은 논쟁은 더 지혜로운 자가 상대를 제압하고 결론을 내는 것으로 마무리되는데, 이솝이 등장하는 우화에서는 당연히 이솝 자신이 지혜로운 자로서 마지막 말을 하는 역할을 차지한다. 이솝과 조선공들의 관계가 바로 그런 대화적, 논쟁적 관계다. 조선공들이 이솝을 도발하고 이솝은 바닷물이 없어지는 이야기로 조선공들을 굴복시킨다. 이솝과 사모스 인들의 관계 역시 그렇게 파악할 수 있다. 사모스 인들은 기존 권력자를 자리에서 쫓아내고 처형하고자 한다. 이솝은 여우와 고슴도치의 우화를 통해 왜 그렇게 해서는 안 되는지를 가르쳐준다. 역시 마지막 발언권은 지혜로운 이솝에게 있다.

삽입된 우화인 「여우와 고슴도치」도 동일한 구조를 이룬다. 즉 이 우화는 여우와 고슴도치 사이의 논쟁적 대화이며 이 대화에서 지혜로운 마지막 발언자는 여우다. 고슴도치는 여우의 고통을 덜기 위해 진드기를 제거해야 한다고 주장하고, 여우는 그것이 오히려 자신의 고통을 증대할 것이라고 반박한다. 이러한 관점에서 보면 전체 우화와 삽입된 우화 사이의 유비 관계가 뚜렷이 드러난다. 진드기를 제거하려는 고슴도치와 그것을 반박하는 여우의 관계는 권력자를 고발하고 처형하려는 사모스인들과 그것을 말리는 이솝의 관계와 같다. 그러니까 지혜로운 여우는 우화 작가 이솝의 분신 같은 존재이며, 우화 속 우화의 형태는 이러한 닮음 관계를 통해 그림 속에 바로 그 그림이 들어 있는 미장아빔(mise en abyme)의 구조를 완성한다. (「조선소에 간 이솝」에서는 이 같은 구조가 성립하지 않는다. 여기서 이솝이 들려주는 이야기 속에는 이솝의 분신이라고 할 만한 인물이 등장하지 않기 때문이다.)

이처럼 여우가 이솝 자신의 분신이라면, 이솝이 여우를 그리면서 자신을 드러내고 있다는 생각을 해볼 수 있지 않을까? 그런 가정을 해본다면 「여우와 표범」이라는 우화도 예사롭게 보이지 않는다. 이 이야기에서 표범이 자기 몸이 화려하다고 자랑하자, 여우는 이렇게 대꾸한다. "내가 너보다 훨씬 더 아름답지 않으냐! 나는 몸이 아니라 정신이 화려하니까." 이 말에서 그 누구보다 지혜롭지만 납작코에 배불뚝이 추남으로 알려진 이솝의 자의식을 읽어내는 것은 지나친 해석일까?

이러한 생각은 여우라는 캐릭터와 그의 말 속에서 드러나는 세계관을 더 주의 깊게 살펴보도록 유도한다. 자신의 절망적인 상황을 이용하여 피를 있는 대로 빨아들인 진드기에 대한 여우의 침착한 관찰과 판단은 참으로 놀라운 데가 있다. 여우가 자기에게서 많은 것을 빼앗아갔다는 사실에 대해 분노하고 적개심만을 불태우고 있었다면 진드기를 잡아준다는 고슴도치의 제안이 반갑기만 했을 것이다. 그러나 여우는 같은 사실에서 정반대 결론을 끌어낸다. 협곡에서 결코 벗어날 수 없다면 이미 배를 불린 진드기들에게 조금씩 피를 빼앗기며 연명하는 것이 최선의 길이라는 것이다. 진드기들이 여우의 몸에 대해 가진 기득권으로 다른 굶주린 진드기들이 접근하는 것을 막아주기 때문이다. 이처럼 여우는 진드기들이 자신의 지독한 착취자라는 것을 철저히 인식하고 있으면서도, 역설적이게도 바로 그 인식 때문에 바로 이 진드기들과 함께 살아야 한다는 결론에 도달한다.

이러한 역설은 부패하고 부정한 권력자를 변호하는 이솝의 논리에서도 그대로 반복된다. 이솝은 권력자를 살려달라고 사모스의 시민들에게 호소한다. 그것은 권력자에게 어떤 정상참작의 여지가 있어서가 아니라 그가 시민들의 재산을 이미 충분히 갈취했기 때문이다. 권력자에 대한 이솝의 변호는 보통 어용 지식인의 옹호와는 차원이 다르다. 이솝의 변호 속에서 권력자는 여우의 피를 빨아먹는 진드기 떼에 비유되는 수모를 당한다. 이 비유에서 우리는 사모스의 정치 현실을 강렬하게 고발하는 이솝의 비판적 태도를 읽을 수 있다. 그러나 이와 동시에 이솝은 사모스 인들에게 이미 약탈을 거의 마친 진드기를 살려두어야 새로운 진드기의 공격을 막을 수 있다는 여우의 지혜를 배워야 한다고 주장한다. 강렬한 현실 비판은 부정적인 현실을 그대로 승인하는 결론으로 전도된다. 권력자를 죽여도 또 새로운 권력자가 올 것이라면, 그를 죽이지 않고 권좌에 놓아두는 것이 차라리 현명한 판단이라는 것이다.

　이러한 여우-이솝의 지혜를 어떻게 이해해야 할까? 이 지혜의 바탕에는 부정적이고 절망적인 현실에 대한 가감 없는 인식과 더불어 어떻게 해도 이를 바꾸고 개선할 수 없다는 비관적이고 체념적이며 냉소적인 정조가 깔려 있다. 물론 지금의 진드기를 잡는다고 여우가 협곡에서 빠져나올 수 없고 새로운 진드기 떼들만 계속 꼬일 것이라는 것은 비교적 쉽게 인정할 수 있는 문제다. 그러나 그러한 단순한 상황에서 나온 여우의 논리를 이솝이 하는 것처럼 복잡한 정치 현실에 적용할 수 있는지는 충분히 의심해볼 수 있을 것이다. 권력자의 처형이 굶주린 새로운 권력자의 등장밖에 가져오지 않는다는 결론은 정당화될 수 있는 것일까? 사모스의 시민들은 협곡에 빠져 있는 여우처럼 스스로를 구원할 수 있는 길이 완전히 차단되어 어떤 경우에도 사악한 권력자를 어깨에 받들고 견디는 수밖에 없는 것일까?

그러한 의심에도 불구하고 우리가 여우-이솝의 지혜에서 배울 수 있는 점이 있다면, 그것은 현실을 뜻한 대로 손쉽게 개선할 수 있다는 믿음에서 한 발짝 거리를 두고 관찰하는 태도일 것이다. 많은 현실 개혁의 시도가 실패하고 상황을 악화시키는 것은 우리에게 고통을 야기하는 원인에 대한 성급한 판단과 그 원인을 제거하기만 하면 세계가 더 나아질 것이라는 단순한 믿음으로 현실 문제에 접근하기 때문이다. 현실을 바꾸려고 하는 사람은 지금의 현실이 어떻게 유지되고 있는지에 대해 전체적 시각을 갖추어야 하고 현실의 무언가를 바꾸었을 때 이와 함께 어떤 변화가 따라올 것인지 면밀히 검토해야만 한다. 진드기가 고통을 주고 있다는 것뿐만 아니라 진드기가 다른 진드기를 막아주고 있다는 것까지 고려해야 진드기 문제에 대한 진짜 해결책을 생각하는 것이 가능해진다. 기존 현실의 인정과 존중이 반드시 현실에 대한 개혁적 의지와 양립할 수 없는 것이 아님을 유념할 필요가 있다.

「이솝과 사모스 인」 혹은 「여우와 고슴도치」는 한국의 정치 현실을 생각할 때 특히 깊은 시사점을 던져준다. 반헌법적 정권 연장의 시도로 점철된 정치적 경험에 대한 반동에서 대통령 단임제가 채택된 것이 벌써 (제5공화국의 7년 단임제를 포함하여) 40년이 넘었다. 권력은 시간과 함께 부패해간다는 이론에 따라 짧은 임기의 단임제는 권력을 건전하게 유지하는 최적의 제도라는 국민적 합의가 쉽게 이루어진 것이다. 그러나 그간의 역사적 경험은 한국의 대통령제에서 권력이 부패하기에 너무 짧은 시간이란 없다는 쓸쓸한 교훈을 남겼다. 우리는 5년마다 타락하고 망가진 대통령과 그를 둘러싼 권력 집단을 내보내고 그 대신 새로운 의욕과 새로운 욕심으로 충만한 대통령과 그의 사람들을 맞이하는 과정을 반복한다. 이미 충분히 누린 권력자들을 좀 더 오래 그 자리에 두는 것이 차라리 더 낫다는 여우-이솝의 냉소적 교훈은 단임제라는 1987년 헌법의 가장 중요한 권력 제한 장치에 대한 문제 제기로도 읽어볼 수 있을 것이다. '진드기화'되려는 권력의 속성이 변화하지 않는다면, 권력의 잦은 교체가 과연 바람직한 것일까?

내로남불의 기원

「두 자루」

프로메테우스는 사람을 만들면서 두 개의 자루를 달아주었다. 가슴 쪽의 자루에는 남의 악덕이 들어 있고, 등 뒤의 자루에는 나의 악덕이 들어 있었다. 그래서 사람은 남의 결점은 즉각 알아보지만, 자신의 결점은 잘 보지 못하는 것이다.

이 우화는 쉽게 남을 탓하면서도 스스로를 반성할 줄 모르는 인간의 편향을 지적하는 이야기다. '너는 어찌 네 형제의 눈 속에 있는 티는 보면서 네 눈 속의 들보는 보지 못하느냐'라는 성경 구절(누가복음 6장 41절, 마태복음 7장 3절)이 상기된다. 그런데 우화의 메시지는 예수의 말씀과 약간의 의미 차이가 있는 것처럼 보인다. 예수가 스스로에게 너그럽고 타인에게는 엄격한 사람들의 태도를 비판하며 자기반성을 촉구하고 있다면, 우화 「두 자루」는 인간이 왜 그렇게 모순적일 수밖에 없는지를 신화적으로 설명한다. 그것은 프로메테우스가 인간을 그렇게 만든 탓이다. 남의 결점을 잘 보고 자기 결점을 못 보는 것은 곧 신이 정한 인간의 본성이니, 인간 자신의 힘으로 어떻게 고쳐볼 도리도 없을 것이다. 언젠가부터 이른바 '내로남불'이 한국 사회의 시대정신같이 되어버렸지만, 고대 그리스인들도 이를 어쩔 수 없는 인간의 성향으로 보고 있었다면, 우리의 현실을 특별히 이상한 것으로만 볼 일은 아닐지도 모른다.

프로메테우스는 왜 나와 남의 악덕을 담은 두 개의 자루를 똑같이 앞에 달거나 뒤에 달지 않고 각각 앞뒤로 나눠 놓은 것일까? 프로메테우스의 인간 설계에는 어떤 뜻이 담겨 있을까? 그것은 설계상의 결함일까?

인간의 본성에 관해 여러 이론이 있지만, 인간이 대체로 이기적이라는 것을 부인하기는 어려울 것이다. 인간은 그 누구보다도 먼저 자신의 욕망을 충족시키기 위해 움직이고, 자신의 이익을 추구하며 자기를 돌보려는 경향을 보인다. 그런데 이해관계는 개인에 따라 다르기 때문에 개인의 이기적 성향은 사회 속에서 다른 개인의 이기적 성향과 충돌을 일으킬 수밖에 없다.

사회질서는 이기적인 개인들의 상충하는 욕망을 잘 교통정리함으로써 유지된다. 그 교통정리의 기제 가운데 하나가 도덕이다. 도덕은 개인에게 욕망을 억제하고 자기만을 위한 이익 추구 노력에 한계를 둘 것을 요구한다. 심지어 타인의 이익을 위해 자기를 희생할 것을 요구하기도 한다. 도덕은 사회 구성원모두가 받아들이는 원칙에 따라 개인의 이기심을 공정하고 적절하게 제어함으로써 이기적 욕망 사이의 충돌을 막고 사회가어느 정도 조화롭게 유지되도록 해준다. 도덕의 제한과 근본적으로 제한을 알지 못하는 이기적 욕망의 갈등에서 미덕과 악덕의 구별이 생겨난다. 도덕이 이기적 욕망에 한계를 정해주지 않는다면 세상에는 미덕도, 악덕도 없을 것이다.

도덕은 악덕을 징계하고, 미덕을 장려한다. 그렇게 함으로써 도덕은 사회질서를 지탱하는 근간으로 작용할 수 있다. 그런데 징계하거나 장려하는 일은 도덕 스스로 할 수 있는 것이 아니다. 도덕 자체는 의지를 가지고 실천할 수 있는 행위자가 아니기 때문이다. 도덕적 원칙을 개별적 상황에 적용하고 이에 따라 개개인을 규제하는 것은 역시 인간 자신일 수밖에 없다. 도덕은 인간을 매개로 해서만 현실에 적용되고 관철될 수 있다.

'도덕의 최소한'이라고 불리는 법의 경우에는 그 작동 원리가 명확히 정의되고 체계화되어 있다. 법이 규정한 질서는 법의

내로남불의 기원: 「두 자루」

현실 적용을 직업으로 하는 소수의 전문가를 통해 비로소 현실의 질서로 구현된다. 법률가들은 법이 정한 절차와 법이 허용한 권한에 따라 법질서를 위반한 사람에게 일정한 형벌을 부여하거나 권리를 침해받은 사람에게 일정한 보상을 명할 수 있다.

반면 법의 영역을 넘어서는 도덕의 경우에는 도덕적 질서를 현실에 적용하는 데 특화된 권위자가 따로 있는 것이 아니다. 도덕에 관한 한 모두가 모두에 대한 판관이 된다. 도덕적 판단도, 이에 따른 징벌과 보상도, 특정한 개인이나 소수 전문가 집단의 명확한 결단으로 정해지는 것이 아니라 사회적이고 집단적인 메커니즘에 따라 다소 불명확한 방식으로 이루어진다. 예컨대 한 인간의 악덕이 타인에게 인식되면 이에 따라 나쁜 평판이 발생하고 확산되어 그 결과로 해당 인물은 사회적 고립 상태에 빠진다. 반대로 미덕이 알려지면 좋은 평판과 함께 그에 따른 사회적 이점이 따라온다. 이러한 도덕적 평판이나 징벌, 보상은 '피고가 어떤 죄를 지었으며 이에 따라 몇 년의 징역형에 처한다'는 법관의 판결에 비하면 매우 막연하고 암묵적인 형태를 띤다.

도덕적 평판은 막연하게나마 사회적 삶에서 실질적 이득이나 손해를 초래하기 때문에 그것 자체가 개개인에게 이해관계가 걸린 문제가 된다. 사람들은 일반적으로 어떤 타인과 이해관계가 다르거나 더 나아가서 대립하는 관계에 있을 경우 그의 악덕이 내게 피해를 줄 가능성이 크다고 느낀다. 따라서 우리는 그러한 타인의 악덕을 예민하게 인식하고 이에 관한 험담을 퍼뜨림으로써 그들의 평판을 낮추기 위해 노력한다. 우리가 이기적인 한, 우리 자신의 악덕에 대해 예민하게 굴거나 우리 자신의 평판에 해가 될 일을 하려 하지 않으리라는 것은 자명하다. 우리는 우리 자신의 도덕성을 높이고 타인의 도덕성을 낮춤으로써 우리의 이익을 추구한다. 이런 의미에서 도덕의 판관은 근본적으로 비뚤어져 있다. 그러나 앞에서 본 것처럼 도덕은 혼자서는 무력하기에, 이렇게 비뚤어져 있는 판관이라도 없으면 이기심의 억제 장치로서 영향력을 발휘하지 못할 것이다.

반이기적 장치인 도덕이 이기적 인간을 매개로 해서만 작동할 수 있다는 것은 아이러니다. 그럼에도 불구하고 도덕이 의미를 상실하지 않을 수 있는 것은 모두가 판관일 뿐만 아니라 모두가 피고이기도 하기 때문이다. 나의 악덕에 눈감아주는 것은 나뿐이다. 다수가 나를 바라보고 심판한다. 그러므로 나 자신에 대한 나의 평가가 큰 영향을 미칠 수는 없다. 반대로 내가 타인에 대해 판관의 위치에 서는 경우, 나는 나 자신의 특수한 이해관계 때문에 편파적일 수 있지만, 나의 편파성은 다른 수많은 판관의 존재로 인해 희석된다. 한 인간에 대한 도덕적 평가가 다수의 상이한 이해관계를 가진 판관에 의해 이루어지기 때문에 전체적으로는 어느 정도 평판의 객관성이 유지될 것이라고 기대할 수 있다. 즉 특수한 이해관계를 가진 특정 개인이나 집단이 한 개인에 대한 도덕적 평판을 전적으로 좌지우지할 수 없다는 것이다.

　나에게 한없이 너그럽고 타인에게 예민한 편파적 내로남불식 판단이 전혀 도덕적 판단으로서 기능할 수 없게 되는 것은 두 사람만이 서로에 대해 판관이자 피고로서 마주하고 있는 상황에서다. 이때는 나에 대한 나 자신의 판단과 타인의 판단이, 그리고 타인에 대한 나의 판단과 그 타인 스스로의 판단이 똑같은 비중으로 맞서면서 서로가 상대의 판단을 인정하지 않고 상대를 편파적이라고 비난하는 교착 상태에 이르게 된다. 이 논리는 집단적 차원에도 확대 적용될 수 있다. 한 사회가 두 개의 지배적인 정파적 집단으로 분열되어 있을 때, 그리하여 모두가 자기 정파의 잘못을 보려 하지 않고 반대 진영의 잘못만을 캐려고 혈안이 되어 있을 때, 도덕은 특정 정파의 정치 투쟁을 위한 이기적 도구 이상의 의미를 갖지 못하게 된다. 진보와 보수로 나뉘어 서로의 도덕적 평판에 먹칠을 하려는 정파적 목소리만이 떠들썩한 한국 정치의 현실이 여기에 가깝다. 결국 이러한 싸움에서 승자는 도덕적 우월성이 아닌 다른 요인으로 결정될 것이다. 어떤 집단이 더 영향력이 있느냐가 누가 더 도덕적이냐까지도 좌우한다는 것이다. 그러므로 사회 전체의 도덕적 판단이 균형을 유지하기 위해서는 양자 대결 구도보다는 다수 집단의 경쟁 구도가, 그러니까 정치에서는 거대 양당 체제보다는 3당 이상의 다당 체제가 더 적합하다고 할 수 있다.

편파적 도덕 판단의 메커니즘은 한 사회가 두 집단으로 갈라져 있을 뿐만 아니라 그 두 집단 사이에 현저한 힘의 격차가 존재할 때 특히 파괴적인 결과를 가져온다. 확고한 힘의 우위를 누리는 다수 주류 집단은 도덕적 판관으로서 패권을 행사하면서 열세에 있는 소수 비주류에 속한 사람들의 도덕적 흠결을 집중적으로 부각하고 과장하면서, 점차 비주류 집단 전체를 부도덕과 사회적 해악의 온상으로 몰아간다. 그러한 메커니즘이 얼마나 심각한 해악을 가져왔는지는 유대인 박해의 역사가 극적으로 보여준다. 홀로코스트의 끔찍한 경험에도 불구하고 유사한 문제는 여전히 세계 도처에서 일어나고 있다.

이제 프로메테우스의 두 자루로 돌아가 보자. 프로메테우스는 왜 이렇게 결함이 많은 설계를 한 것일까? 지금까지 살펴본 것처럼 도덕 판단의 편파성은 이기심의 자연스러운 발로일 따름이다. 인간이 이기적 본성을 지니고 있기에 이기심을 제어하는 장치인 도덕마저 이기심을 충족시키는 도구로 전락하게 되는 것이지, 프로메테우스의 괴상한 농간으로 인간의 판단력이 흐려진 것이 아니다. 물론 여기서 도덕적 편파성의 기원에 대한 신화적 설명은 진지하게 의도된 것이 아니다. 이 설명의 진짜 의의는 오히려 인간의 자연스러운 성향을 이해하기 어려운 기괴하고 우스꽝스러운 신적 농간의 결과로 묘사함으로써 최대한 낯설게 만들고 이를 통해 도덕적 판단에 있어서 인간이 빠지기 쉬운 자가당착을 풍자하고 비판하는 데 있다. 프로메테우스가 준 두 자루에 현혹되어 세상의 반쪽만 보고 살지 않아야 한다는 것, 나와 남을 모두 비판적으로 볼 수 있어야 한다는 것, 남을 비판할 때 과연 나 자신은 그런 비판을 감당할 수 있는 존재인지 돌아보아야 한다는 것이 우화가 정말로 전하고자 하는 메시지인 것이다.

주석

1 『국어국문학자료사전』하권, 서울: 한국사전연구사 2000, p. 2096.

2 Irmgard Schweikle/Wiebke Hoheisel, "Fabel", Dieter Burdorf 외(편):
Metzler Lexikon Literatur (3판), Stuttgart: Metzler 2007, p. 226.

3 Rainer Nickel, "Einführung", *Äsop: Fabeln. Griechisch-Deutsch*,
Düsseldorf/Zürich: Artemis & Winkler 2005, p. 263.

4 게오르크 짐멜, 『모더니티 읽기』, 김덕영/윤미애 옮김, 서울: 새물결
2005, p. 232 참조. 짐멜에 따르면 우연한 사고로 불구가 된 사람에
게는 불구 상태가 자기 자신보다는 외부 세계에 속하는 것으로 여겨
지기 때문에 부끄럽지 않다는 것이다.

5 아폴로도로스, 『아폴로도로스 신화집』, 강대진 옮김, 서울: 민음사
2005, p. 180 참조.

6 하느님을 목자에 비기는 성서적 상상력의 기원은 우르 왕조와
같은 메소포타미아 초기 왕국으로까지 거슬러 올라간다. Carlo
Zaccagnini, "Sacred and Human Components in Ancient Near
Eastern Law", *History of Religions* (Vol. 33), No. 3(Feb., 1994), pp.
270~271 참조.

7 이것은 대(大) 플리니우스의 『박물지』(*Naturalis Historia*)에 나오는

이야기다. 가이우스 플리니우스 세쿤두스, 『플리니우스 박물지: 세계 최초의 백과사전』, 서경주 역, 고양: 노마드 2021, p. 177 참조.

8 페트로니우스, 『사티리콘』, 강미경 역, 서울: 공존, pp. 160~163.

9 손진태, 『조선민족설화의 연구』, 서울: 을유문화사 1947, p. 186 참조.

10 Ben Edwin Perry, *Babrius and Phaedrus*, Cambridge: Harvard University Press 1965, p. 545 참조.

11 데. 체렌소드놈(편): 『몽골의 설화』, 이안나 역, 서울: 문학과지성사 2007, pp. 168~169 참조.

12 다윈의 성선택 이론을 둘러싼 논쟁의 역사와 로널드 피셔의 이론에 관한 상세한 서술은 헬레나 크로닌, 『개미와 공작』, 홍승호 옮김, 서울: 사이언스북스 2016, pp. 193~329 참조.

13 "교환이 희생의 세속화라면, 희생 자체가 이미 주술적인 형태로 된 합리적 교환으로서 신들을 지배하기 위한 인간의 고안물이다."(아도르노/호르크하이머, 『계몽의 변증법』, 김유동 옮김, 서울: 문학과지성사 2001, pp. 88~89)

14 G. W. F. Hegel, *Vorlesungen über die Ästhetik* (I), Frankfurt: Suhrkamp 1986, pp. 494~495 참조.

15 Eugen Fischer, "Die Rassenmerkmale des Menschen als Domesticationserscheinungen", *Zeitschrift für Morphologie und Anthropologie* 1914, Bd. 18, pp. 479~524 참조. 줄기세포 연구자인

주세페 테스타(Giuseppe Testa)의 연구팀은 2019년에 인간의 자기순화 가설을 DNA 데이터를 통해 뒷받침하는 논문을 발표했다 (https://www.science.org/doi/10.1126/sciadv.aaw7908).

16 Dana Fields: "Chained Animals and Human Liberty", *The Classical World* (Vol. 110), No. 1(FALL 2016), p. 62 참조.

17 쓰시마 유코, 『웃는 늑대』, 김훈아 옮김, 파주: 문학동네 2000, p. 11 참조.

18 이러한 연구 결과는 다음 두 논문에 발표되었다. Tsuyoshi Shimmura/ Takashi Yoshimura, "Circadian Clock Determines the Timing of Rooster Crowing", *Current Biology* (Vol. 23), Issue 6, 2013; T. Shimmura/S. Ohashi/T. Yoshimura, "The Highest-ranking Rooster has Priority to Announce the Break of Dawn", Sci Rep. 2015 Jul 23;5:11683. doi: 10.1038/srep11683. PMID: 26203594; PMCID: PMC4512148.

19 아리스토텔레스, 『수사학』, 박문재 옮김, 파주: 현대지성 2020, 2권 20장.

찾아보기

---

* 괄호 안의 번호는 페리 인덱스.
　「큐피드와 죽음」은 페리의 이솝 전집에 포함되어 있지 않은 이야기.

기타 신화, 설화, 이야기

찾아보기

우화의 철학
이솝우화의 숨은 이야기를 찾아서

초판 발행일 2023년 1월 2일
개정판 발행일 2024년 10월 22일

지은이 김태환

펴낸곳 국수
등록번호 제2018-000158호
주소 경기도 고양시 일산동구 진밭로 36-124
전화 (031) 908-9293
팩스 (031) 8056-9294
전자우편 songwriter@kuksu.kr

© 김태환, 2023, Printed in Goyangsi, Korea

ISBN 979-11-90499-45-3 03880

· 책값은 뒤표지에 쓰여 있습니다.
· 이 책의 저작권은 지은이에게, 출판권은 '국수'에 있습니다.
· 이 책 내용의 전부는 물론이고 일부라도 재사용하려면
반드시 '국수'의 동의를 얻어야 합니다.
· 잘못 만들어진 책은 구입하신 서점에서 교환해드립니다.